J'aimerais quand même te dire

Charlie Wat

J'aimerais quand même te dire

Du même auteur :

On s'est aimés comme on se quitte (2019)
Quand il me prend dans ses bras (2019)
Une histoire d'amour sans caribou (2017)
L'amour à nu (2016)

Paru chez Michel Lafon :

Si tu crois un jour que tu m'aimes (2019)

Paru chez City Éditions :

Il était encore une fois (2018)

Couverture : ©LB, 2020
Crédits images : ©SunsetPaper (Shutterstock)

ISBN : 9798576868049

« Je n'avais pas vu que tu portais des chaînes
À trop vouloir te regarder j'en oubliais les miennes
On rêvait de Venise et de liberté
J'aimerais quand même te dire
Tout ce que j'ai pu écrire
C'est ton sourire qui me l'a dicté. »

Extrait de *L'encre de tes yeux,* Francis Cabrel

1.

Les phares transpercent la nuit à toute allure. Grisés par la vitesse, les voyageurs reprennent en chœur le refrain diffusé par les enceintes. Les membres du groupe applaudissent et braillent comme des enfants. Difficile de redescendre après un concert de cette intensité.

Sauf pour Josh : en dépit du bruit et de l'atmosphère survoltée qui règne dans le bus de la tournée, le batteur dort à poings fermés, la tête posée sur un pull roulé en boule contre la vitre. Un léger ronflement émane de sa bouche entrouverte. Un exploit.

Amusée, Maryline désigne le musicien.

— Comment arrive-t-il à faire ça ?! J'ai l'impression que je ne pourrai plus jamais dormir !

Michael, le chanteur, approuve d'un hochement de tête.

— C'était un moment complètement dingue…

— Tu as été phénoménal, souffle-t-elle, avant de crier elle aussi, pour mêler sa joie à celle des autres voyageurs.

Michael sourit en détaillant la jeune femme : cheveux courts bicolores, bruns à la racine, blond platine sur les pointes ; grands yeux bleus cerclés d'un trait noir qui a un peu coulé ; grain de beauté au-dessus de la lèvre supérieure ; tatouages sur le bras ; débardeur lâche sur les épaules et la naissance de son décolleté. Elle est si belle.

Il ouvre la bouche avec l'intention de lui répondre que c'est elle qui a été magique, que sans elle et son regard qu'il a senti couler dans son dos pendant qu'il chantait, le concert n'aurait pas été le même. Il s'apprête à lui répondre que c'est elle, uniquement elle, qui lui confère le pouvoir de communiquer avec des milliers de gens… quand un coup de frein le projette soudain contre le fauteuil de devant.

Un millième de seconde plus tard, il est ballotté avec brutalité dans tous les sens, tandis que des cris résonnent de toutes parts et se mêlent aux crissements des pneus.

Chute d'objets. De corps, projetés à gauche, à droite, comme de vulgaires poupées de chiffon.

Couché sur le flanc, le car s'immobilise dans un raffut de tôle et de pistons. Le silence tombe, lourd. De faibles gémissements émanent de-ci de-là.

Sonné, la nuque dans un étau de douleur, Michael tend la main vers la vitre. Ses doigts s'écorchent au contact des aspérités du béton, là où le carreau a explosé.

Il tourne alors la tête.

À côté de lui, Maryline. Regard bleu.

Vide.

Il hurle.

— Ça va ? Hey oh, Michael, tout va bien ?

***

— Ça va ? Hey oh, Michael, tout va bien…

Michael ouvre les yeux, les poings cramponnés aux draps, le cœur cognant à tout rompre dans sa poitrine.

— Tout va bien, répète avec douceur l'homme au-dessus de lui.

Michael peine à faire la mise au point dans la pénombre environnante. Son regard ahuri, paniqué, sonde le clair-obscur de l'immense pièce. Peu à peu, il reconnaît l'écran géant accroché en face, les silhouettes des deux grands fauteuils en cuir, la table basse en bois précieux, le lustre massif ultra design, le tableau d'art contemporain posé sur l'immense cheminée en marbre, à côté d'une dizaine de Grammy awards scintillant faiblement à travers le jour qui filtre des rideaux épais.

Les battements de son cœur s'apaisent à mesure qu'il se rend compte qu'il est chez lui, en sécurité.

Il se redresse puis, d'un geste tremblant, essuie la sueur sur son front, avant d'étirer son visage sous ses doigts moites.

— Ça va mieux ? s'enquiert Darell en lui tendant un verre d'eau.

Muet, Michael saisit le verre, en avale le contenu d'un trait et le repose sans ménagement sur la table de chevet.

— Toujours ce fichu cauchemar, je présume ?

Michael grommelle un « oui » en se recouchant, pendant que Darell ouvre les rideaux.

Alors que les rayons du soleil pénètrent dans la vaste chambre, les gratte-ciel alentour habillent la pièce d'un savant jeu d'ombre et de lumière.

Darell ne se lasse pas de cette vue époustouflante sur New York, l'une des plus belles de la ville, raccord avec le prix faramineux de ce duplex de trois cents mètres carrés. Il se retourne vers Michael et, constatant que le chanteur ne daigne pas bouger, s'arme de son inflexion la plus enjouée :

— Allez, allez, mon petit Michael, il est l'heure ! On a plein de choses prévues aujourd'hui. L'enregistrement de ton interview débute… dans… attends voir…

Le petit homme replet compulse frénétiquement son dossier en remontant ses lunettes rondes et s'écrie, d'une voix haut perchée, en battant des mains :

— Ouh la la, c'est dans à peine deux heures ! Hop hop, on se motive ! Le soleil brille, la température extérieure est de vingt degrés et quelques, et avec la tête que t'as, j'aime autant te dire que deux heures, c'est pas du luxe, mon pote. Clara débarque dans cinquante minutes pour le ravalement de façade…

Tout en causant, l'assistant s'est approché à pas de crabe de Michael qui, enroulé dans sa couette, maugrée maintenant des paroles inaudibles. Darell se penche jusqu'à ce que son élégante moustache effleure la couette :

— Quoi ?

Michael consent à sortir son menton des couvertures, juste assez pour s'assurer qu'il n'aura pas besoin de répéter sa réponse :

— Annule.

Darell se décompose. Même les fleurs sur sa chemise hawaïenne semblent se faner de déception.

— Encore ?

— Encore, rétorque Michael en s'engouffrant à nouveau dans sa grotte en plumes d'oie. L'assistant secoue sa figure ronde en signe de désaccord, accompagnant son geste d'un « Ttttt tttt tttt » plein de réprobation.

— Ne fais pas « Ttttt tttt tttt », marmonne Michael, du fond de son antre.

L'autre frotte sa chemise bariolée du plat de la main. Ses petites lunettes glissent sur l'arête de son nez.

— Je fais « Ttttt tttt tttt » si j'en ai envie. Et je ferai « Ttttt tttt tttt » jusqu'à ce que tu te reprennes en main. Faire l'autruche n'est pas une solution.

Pas de réponse. Darell lâche alors un soupir et s'assied sur le lit *king size*, près du tas que forme le corps de Michael.

Il referme le dossier, le pose sur ses cuisses, en époussette la couverture une seconde, le temps de trouver les mots. Puis il contemple le ciel sans nuages coiffant les toits de Manhattan, histoire de se donner le courage de parler sérieusement.

— Écoute, Michael, ça fait déjà six mois. Tu sais comme moi que ça ne peut plus durer. Les gens posent des questions, ils risquent de t'oublier, il faut que tu reviennes à la vie. Foutre en l'air ta carrière ne ramènera pas Maryline.

L'assistant se mord aussitôt les lèvres : la délicatesse n'est vraiment pas son fort. Mais Michael doit entendre raison, serait-ce au prix de paroles dures. Combien de magazines titrent que l'ère Michael Wright appartient désormais au passé ? Combien de journalistes planqués sur les terrasses en vis-à-vis se rengorgent en ce moment même à l'idée de prendre une photo volée d'un Michael zombie ? Combien de stars considèrent l'absence de Michael comme l'occasion parfaite de lui voler la vedette ?

Le show-business n'est pas un lac translucide, c'est un océan infesté de requins.

Michael finit par se lever. Sans prononcer un mot.

Pieds nus sur le tapis épais, le chanteur déambule jusqu'à la fenêtre où il suit le ballet de deux hirondelles sur le toit de l'immeuble en face, avant d'aller s'enfermer dans la salle de bains.

Vide, le regard de Maryline.

Vide, le sens de tout ça, de ce jacuzzi gigantesque, de cette douche à l'italienne, de ce marbre hors de prix, des agents de sécurité devant son appartement en permanence, des cris hystériques des fans en délire, des milliers de bras qui se tendent sur son passage quand lui n'aspire qu'à ceux de Maryline.

Vide.

Michael observe son reflet dans le miroir. Mal rasé. Cerné. Pas coiffé. Des mèches enneigées ont emménagé dans la crinière de jais que la jeune femme s'est tant de fois amusée à décoiffer. Les médicaments qu'il ingurgite, tantôt pour dormir, tantôt pour trouver la force d'ouvrir les paupières, ont bouffi ses traits. Son corps s'est empâté.

Difficile de retrouver dans cet homme diminué la star internationale qui a enflammé les plus grandes scènes. Le chagrin a tout confisqué, Michael n'est plus qu'un fantôme. Le pire, c'est qu'il s'en fiche : depuis l'accident et la perte de la femme de sa vie, la vie glisse sur lui comme le vent sur une flaque.

Michael ouvre le robinet et s'asperge le visage d'un grand jet d'eau froide, pendant que, derrière la porte, tintinnabule la sonnerie du téléphone de Darell. Vingt secondes de *YMCA*, des Village People. De la gaieté, de l'entrain, comme un cheveu sur la soupe.

La minute suivante, Darell toque à la porte de la salle de bains :

— Pardon, Mike, je sais que ce n'est pas le moment, mais Marc insiste pour te voir.

Michael ferme le robinet.

— Dis-lui que je ne suis pas là.

— Il est dans le salon.

— Tu n'as qu'à lui expliquer que je suis malade, bredouille Michael en réapparaissant dans la chambre.

— En fait, il…

Trop tard. Marc, le producteur, est devant lui, sourire fendu sur de petites dents blanches.

— Bonjour, Michael, il faut qu'on parle.

L'homme est, comme à son habitude, vêtu d'un jean et d'une chemise cintrée. Impeccable, des pieds à la tête.

— Je m'assieds, tu permets ?

Michael ne permet pas, mais Marc s'en contrefiche. Sans attendre l'autorisation, le producteur s'installe sur l'un des fauteuils, pendant que, dans son dos, Darell esquisse de grands gestes impuissants et désolés.

— Je ne crois pas que nous ayons rendez-vous… ronchonne Michael.

— Ce n'est pourtant pas faute d'insister auprès de ton assistant.

Marc pivote alors vers Darell et lui décoche une œillade acide. Celui-ci stoppe aussitôt ses gesticulations pour arborer un air de déférence accompagné d'un sourire obséquieux, comme un enfant pris en flagrant délit de vol de bonbons.

— Tu es chez moi ici, rappelle Michael.

Le producteur secoue la tête d'un air faussement dépité et croise les jambes.

— Ah, Michael, Michael, Michael… mon petit Michael… Si j'en crois le montant de ce que tu me dois, je suis presque chez moi finalement…

Derrière lui, Darell a repris sa pantomime, singeant un pendu ; contorsions et langue sortie sont de mise, histoire de détendre l'ambiance.

Irrésistiblement attiré par les pitreries de son assistant, le regard de Michael dévie, tandis que le producteur, pas dupe, souffle en passant une main frénétique dans ses nouveaux implants capillaires grisâtres. Las, il jette un œil à son énorme montre et décroise les pieds.

— Alors voilà, commence le cinquantenaire. Soit tu reprends les concerts là où tu les as arrêtés après l'accident, soit je t'assigne en justice pour non-respect des conditions de notre contrat.

— C'est plus compliqué que…

— Au contraire, Michael, les choses sont on ne peut plus simples. On a signé un contrat, je respecte ma partie, tu respectes la tienne. J'ai été patient, mais là, c'est terminé.

Je ne sais pas si tu te rends compte, mais on parle de millions de dollars. Ta petite dépression va finir par me mettre sur la paille.

Michael baisse la tête et s'efforce de concentrer son attention sur les chaussures parfaitement cirées de Marc.

— Je sais ce que tu traverses, poursuit l'homme d'affaire en affectant soudain une empathie feinte. Perdre une musicienne dans ces conditions, c'est compliqué, certes. Mais enfin, entre nous, des bassistes, c'est pas ce qui manque, la Terre ne va pas s'arrêter de tourner, une audition et c'est réglé.

Michael déglutit pendant que son vis-à-vis continue sa litanie.

— Oui, oui, je n'oublie pas que tu as eu une histoire avec cette fille, mais quoi, ce n'est rien qu'une fille et une petite amourette qui a duré, quoi, trois mois, à peine ?

Huit mois, dix-neuf jours et dix-huit heures, songe Michael en serrant, malgré lui, son poing droit.

— Admettons que tu aies un petit pincement, bon, c'est pas mal, ça favorise la création, ajoute le producteur en se relevant et en posant une main paternelle sur l'épaule de son protégé. Mais, bon sang, vous n'étiez pas mariés ! Vous n'aviez pas d'enfant ! Vous n'aviez rien construit à ce que je sache ! Tu réalises que tu fous en l'air ta carrière pour une nana que tu connaissais à peine ? Profite, mon vieux ! Des filles, il y en a des centaines qui tueraient pour toi ! Il te suffit de claquer des doigts et tu as cent Maryline qui te pleuvent littéralement dessus. T'es une star, bon Dieu ! Tu sais ce que ça signifie ?

Le poing de Michael s'abat subitement sur le museau du producteur. Celui-ci valdingue en lâchant un cri d'animal surpris.

Interdit, les fesses par terre, Marc tamponne son nez d'où s'échappe un épais filet carmin. Du sang macule sa main et le haut de sa chemise. Il renifle, mi-abasourdi, mi-furieux.

— Tu vas le regretter, menace-t-il d'une voix nasillarde en titubant vers la sortie, Mes avocats sont déjà sur le coup.

Au moment de passer la porte, il dégaine son index sanguinolent.

— Y a des milliers de types qui voudraient être à ta place. Y a rien de plus fragile qu'une carrière. Ne l'oublie jamais ! C'est ta dernière chance, ajoute-t-il cependant, juste avant de sortir.

Michael frotte ses phalanges endolories en se laissant choir sur l'un des fauteuils.

— Eh ben, tu l'as pas raté, note Darell après que l'écho des pas énervés de Marc s'est estompé. Je crois que question délicatesse, j'ai trouvé mon maître. Ça ne t'aurait pas donné un peu faim, tout ça ?

— C'est terminé, lâche Michael, les yeux dans le vague, en se massant la main.

— Qu'est-ce que tu me racontes encore ?

— Je n'ai plus rien à donner, Darell, je ne suis plus capable de chanter, j'ai perdu la musique. Je suis désolé.

2.

Après une journée aussi morne et inutile que les précédentes, le soir est revenu, inexorable.

Aucune lampe n'est allumée. Seules les lumières de la ville empêchent l'obscurité d'engloutir l'appartement gigantesque. Des veines colorées se reflètent sur la grande baie vitrée et courent sur le visage du chanteur, habillé d'un tee-shirt blanc ample et d'un pantalon de jogging gris. Puisque Michael sort peu, il s'habille de moins en moins.

Du haut de son quarantième étage, le chanteur promène son regard sur les voitures dont les carrosseries luisent sous les néons. Les véhicules sont minuscules et les passants ne sont que des taches sur le bitume. Au loin, l'éclairage intermittent d'un avion abîme le ciel.

Une insondable solitude l'étreint. Le manque d'elle est vertigineux.

Il se traîne jusqu'au piano. Un magnifique piano à queue blanc, l'un des achats effectués avec ses premiers cachets. C'est ici, dans le noir, avec vue sur le flamboyant New York nocturne et la lune blanche, qu'il a composé ses plus célèbres chansons.

Des ballades qui parlaient d'amour fou, d'amour impossible, d'amour toujours. Mais aussi des musiques entraînantes, faites pour danser, pour ajouter sa vibration aux vibrations du monde.

Terminé, tout ça.

Il ouvre le capot, appuie sur trois touches à l'aide de ses doigts meurtris, un *sol*, un *si*, un *la*. Essaie de convoquer des images de bonheur, susceptibles d'inspirer une mélodie.

En vain : les grands yeux sans vie de Maryline envahissent ses souvenirs. Il n'avait jamais été aussi amoureux ; il n'aimera jamais plus.

Piteux, il referme le clapet sous les geignements de l'instrument et se dirige vers la guitare dont il gratte les cordes sans conviction. Allume l'immense télévision en se coulant sur son canapé. Zappe mollement d'un programme à l'autre. Se force à rire devant une émission stupide. Sanglote, parce qu'il est seul et qu'il peut laisser libre cours à ses larmes.

Six mois que l'absence de la jeune femme prend toute la place. Six mois qu'il est en chute libre. Six mois que la musique, qui l'a tant de fois sauvé, naguère, ne lui est plus d'aucun secours.

Il a besoin de Maryline. Maintenant.

Il avance vers son dressing, où les vêtements qu'il ne porte plus prennent la poussière, pousse ses chemises sur le côté de la tringle afin de dégager le coffre-fort qu'il a fait installer des années auparavant, à l'insu de tous.

À l'époque, il n'avait pas d'autre ambition que celle d'assouvir un désir de gosse, d'avoir un endroit où cacher des trésors.

Mais, à la mort de Maryline, le coffre-fort a trouvé une utilisation évidente : y entreposer les affaires que la jeune femme a laissées chez lui et empêcher quiconque de souiller les vestiges de leur histoire. Parce que vu le nombre de personnes qui se croient autorisées à visiter ces murs, l'intimité ne peut se conserver que sous clé.

Le prix de la célébrité, songe Michael, amer, en composant le code.

Le cadran digital émet deux bips suivis d'un cliquetis. Michael inspire. L'odeur poudrée du parfum de Maryline est intacte. À l'intérieur du coffre, un gros carton déformé. Il y plonge les mains. En extirpe un à un les vêtements qu'il contient : un débardeur kaki, un pantalon large noir, des sous-vêtements, une veste en jean.

Il sent Maryline près de lui. Il hésite, écartelé entre l'envie de continuer à renifler éperdument pour s'enivrer de son parfum et la crainte que l'odeur, laissée trop longtemps à l'air libre, ne s'envole à jamais.

Le chanteur glisse lentement le long d'une plinthe, une larme sur la joue. Puis il s'engouffre dans les tissus en murmurant des guirlandes de « pardon » entrecoupées de pleurs.

Sa main caresse à présent les vêtements, à la recherche des courbes de Maryline. Il lui semble entendre sa voix, son charmant accent écossais dont il se moquait gentiment. Il donnerait tout pour l'entendre de nouveau. Lui a-t-elle déjà manqué plus fort que ce soir ? C'est toujours pareil, chaque nuit lui donne l'impression d'un manque plus abyssal que celui de la veille. Le temps a beau passer, il n'arrange rien à l'affaire : Michael plonge dans un puits de chagrin sans fond.

Ainsi se poursuit la nuit, apathique, douloureusement semblable à la précédente. Jusqu'à ce que ses doigts rencontrent une forme insolite. Il y a quelque chose dans la poche de la veste en jean, quelque chose qu'il n'a jamais remarqué.

Surpris, il essuie ses larmes du dos de la main droite, tandis que, de la gauche, il déboutonne la poche. Il se ravise tout de suite, l'idée de fouiller dans les affaires de Maryline ne lui plaît pas.

La curiosité finit pourtant par l'emporter. Alors, le cœur battant, le sentiment désagréable de trahir Maryline chevillé au corps malgré tout, il se résout à ouvrir la poche. D'où il extrait une carte d'embarquement.

Au nom de Maryline Campbell.

Pour Nice.

À la date du 19 août dernier.

Il ne se rappelle pas qu'elle était partie en France. Aurait-il oublié ?

Le 19 août. Où était-il, lui, le 19 août ?

Une intuition désagréable lui comprime l'estomac.

Il monte quatre à quatre les marches menant à sa chambre, récupère son téléphone portable abandonné dans un coin depuis des lustres, l'allume et, sans se préoccuper des centaines de notifications qui carillonnent, recherche le numéro de son assistant dans le répertoire.

— *Mmh ?* crachote la voix ensommeillée de Darell.

— C'est moi.

Il peut presque entendre le buste de Darell se déplier à l'autre bout de la ligne.

— *Hey ! Michael, mon pote, mon boss, mon ami, mon amour, mon étoile filante. Dis-moi que tu viens de composer une nouvelle mélodie et que tu ne pouvais pas attendre demain matin pour avoir mon avis !*

— Non, c'est… pour… Tu peux regarder dans l'agenda ce qu'on a fait le 19 août ?

— *À deux heures et quart du matin ? Tu sais que tu files un mauvais coton avec tes caprices de diva… Dis donc, en parlant de diva, tu étais au courant que Mariah Carey ne jure plus que par les cheese-cakes au lait d'ânesse ? Je devrais peut-être essayer, il paraît que c'est merveilleux pour la peau. Toi aussi, d'ailleurs. Enfin, je dis ça je dis rien.*

— Darell, s'il te plaît… Fais ça pour moi.

— *Oui bon, je fais ça pour toi. Et pour l'énorme chèque que tu me fais tous les mois, hein, on va pas se mentir.*

Michael lève les yeux.

— *Pardon chéri, tu permets ? J'ai une urgence,* l'entend-il chuchoter à une personne sûrement occupée à dormir près de lui.

Michael arque un sourcil.

— Je te dérange là ?

— *Naaannn, penses-tu, à cette heure… Figure-toi que j'ai rencontré une adorable petite chose ce soir, qui s'appelle… qui s'appelle… Attends, ça va me revenir… En fait non, ça me revient pas… Enfin bref, il a des yeux… et des biceps… et un torse ouh là là… et des fesses…*

— Je crois que j'ai saisi, merci.

— *Ce que tu peux être coincé parfois,* soupire Darell pendant que cliquettent les touches de son ordinateur.

— *Alors, écoute, le 19 août au matin, tu avais rendez-vous avec un journaliste pour évoquer la tournée et la retransmission en direct à la télévision du concert du stade de Dallas.*

À ces mots, la gorge de Michael se noue. Le concert de Dallas. Le dernier avant l'accident.

— *Michael, toujours là ?*

— Oui, je t'écoute.

— *Mince, j'espérais que tu te sois endormi pour que je puisse finir ma nuit auprès d'Apollon.*

Michael sourit malgré lui. Difficile de résister à l'humour de Darell.

— Désolé de te décevoir.

— *C'est pas la première fois. Enfin bref, tu as ensuite déjeuné avec Maryline. Et, en début de soirée, tu as enregistré l'émission du* Ellen Degeneres Show. *Record d'audience au passage.*

— …

— *Ça y est, tu dors ?*

— Toujours pas, mais je te jure que je fais mon possible.

— *Est-ce que tu vas m'expliquer pourquoi cette date justifie que tu bousilles ma nuit d'amour ? Bon, entre nous, Apollon ronfle très très fort et j'ai un mal de chien à roupiller.*

Michael se souvient de ce jour-là, de ce déjeuner qu'il a partagé avec Maryline, dissimulé derrière ses sempiternelles casquettes et lunettes noires. Elle lui a annoncé qu'elle était désolée, qu'elle ne pourrait pas l'accompagner sur le *Ellen Degeneres Show* comme prévu, qu'elle devait retrouver son père en Écosse de toute urgence, qu'il souffrait de problèmes de santé, qu'il allait falloir la remplacer sur ce coup-là.

Pas un seul instant, Maryline n'a évoqué la France.

Les paroles que Marc a prononcées un peu plus tôt résonnent alors dans le crâne de Michael, offrant un écho ironique à la carte d'embarquement qu'il a sous les yeux.

« Une nana que tu connaissais à peine. »

Qu'est-elle allée faire là-bas ? Et, surtout, pourquoi ce mensonge ?

Le billet d'avion se recroqueville sous ses doigts nerveux. Au dos du carton, des mots inscrits à la va-vite au crayon à papier attirent son attention.

— Je te rappelle.

— *Quoi ?! C'est tout ?! Tu plaisant…*

Michael raccroche, un goût âcre de trahison sur le palais.

3.

« Une nana que tu connaissais à peine. »

Michael n'a pas fermé l'œil de la nuit. Allongé sur le canapé, les yeux rivés au plafond et aux disques d'or ou de diamant accrochés aux murs, il lutte depuis des heures contre son envie de savoir. Après tout, Maryline ne lui appartient pas, son existence est un sanctuaire qu'il n'a pas le droit de violer.

« Une nana que tu connaissais à peine. »

Mais ils s'aimaient ; du moins, c'est ce qu'ils se sont dit.

Comment cohabiter avec ce doute qui s'insinue comme un poison ? Comment survivre quand tout ce qui lui reste de Maryline se trouve entaché de soupçon ?

« Une nana que tu connaissais à peine. »

Comprendre revêt maintenant la forme d'une obsession.

Alors, tandis que les premières lueurs de l'aube traversent son appartement, tandis qu'en bas, les réverbères s'éteignent, que les embouteillages commencent à enfler, que le serveur Starbucks situé à l'angle du boulevard remonte le rideau métallique et prépare les cafés à sa clientèle avant l'ouverture des bureaux, le chanteur se résigne à consulter son ordinateur portable.

« Une nana que tu connaissais à peine. »

Sur la barre de recherche Google, il pianote l'adresse qu'il croit déchiffrer au dos de la carte d'embarquement. S'y reprend à plusieurs fois parce que les mots, presque effacés dans les plis, sont devenus quasi illisibles.

« 19 rue Panisse, Cannes »

Internet mouline. C'est rapide, ça lui semble toutefois durer une éternité.

Devant la façade murée de l'immeuble ancien que Google lui montre, l'espoir que Michael a placé dans cette recherche s'effrite. Impossible de tirer de cette devanture délabrée la moindre conclusion.

Il faut pourtant qu'il sache ; le doute a le goût de l'enfer.

— Allô ? Darell ?

— *Michael, je t'aime fort, mon chat, mais là, tu exagères.*

— Tu veux me faire plaisir ?

— *Si tu as l'intention de te transformer en Beyoncé et de me demander d'aller te chercher de la confiture d'abricot à six heures et demie du matin, tu te fourres le doigt là où je pense.*

— Est-ce que tu as envie d'un voyage ?

— *Tu plaisantes j'espère ?! La question est : est-ce que TOI, tu aurais envie de partir en voyage ?*

— Il faut qu'on aille à Cannes.

— *Tu te reconvertis dans le cinéma ?*

— Je t'expliquerai.

— *J'y compte bien. Maintenant ?*

— Non, plus tard. Pas avant d'être sûr.

— *Tu me crois si je te dis que j'ai de toute façon renoncé à comprendre tes frasques, tes envies et tes lubies, depuis le temps que je bosse pour toi.*

— Pas une seconde.

— *Un point pour toi. Allez, fais-moi rêver : c'est pour quand ce voyage de folie ?*

— Tout de suite ! Tu flanques tes plus belles chemises à fleurs dans un sac et tu viens chez moi.

— *Et donc tu comptes sur ton assistant préféré pour nous trouver une place sur le prochain vol ?*

— Tu préfères que je m'en occupe ?

— *Tu doutes de mes compétences ?*

— Ça m'arrive.

— *Ton honnêteté t'honore, mon flan à la vanille. N'empêche, vous les stars, vous avez quand même un sacré pète au casque. Il y a cinq heures, tu étais presque dans le coma, et maintenant, tu nous fais faire la tournée des grands-ducs sur la Côte d'Azur. T'avoueras, hein…*

— Ah, une dernière chose : on se balade incognito, pas de garde du corps.

— *Ouh, voilà qui m'excite. Ceci dit, tu sais que ça me file des angoisses quand il n'y a pas de garde du corps…*

Michael perçoit, à l'autre bout de la ligne, le bruit caractéristique que Darell émet lorsqu'il inhale sa Ventoline. Il s'efforce de rassurer son assistant :

— Tout va bien se passer. On va gérer.

— *« On », « on »… Tu veux dire que JE vais gérer.*

— Et tu vas t'en sortir comme un chef.

— *Donc, c'est maintenant qu'on parle d'augmentation ?*

— Je te promets que si l'avion s'écrase, je te lègue tout.

— *Bla-bla-bla, méfie-toi, petit poney, je pourrais courir dans d'autres pâturages. Imagine-toi qu'Ed Sheeran a tenté de me débaucher. Ah ah, ça t'en bouche un coin, pas vrai ?*

En dépit de l'angoisse diffuse qui lui grignote le cœur, Michael ne peut s'empêcher de sourire. Sans Darell, sans son ami d'enfance complètement farfelu, sans ses vêtements excentriques, sa moustache de dandy qu'il roule entre les doigts dès qu'il réfléchit, ses lunettes rondes dont il accorde chaque jour la monture à sa tenue, il serait perdu.

Peut-être déjà mort de chagrin, qui sait ? Il arrive souvent que les cœurs meurtris refusent de battre.

4.

Une heure plus tard, Michael est dans l'ascenseur, en train de réajuster son bonnet devant le grand miroir, au son des *Quatre saisons* de Vivaldi que les enceintes de la cabine crachouillent en continu. Après s'être assuré qu'aucun cheveu ne dépasse, il chausse ses lunettes noires, celles aux verres opaques. Il relève ensuite son col et sa capuche, puis s'entoure le cou de son écharpe de manière que son menton en dépasse à peine. La célébrité l'oblige à la discrétion. Il doit être méconnaissable.

Michael est l'une des stars les plus en vue du moment. Une notoriété dont il s'est accoutumé bon an mal an, sans la rechercher vraiment, comme un effet secondaire et obligatoire d'une vie consacrée à la musique.

Il a su très tôt qu'il vouerait son existence à son art. Lui qui ne sait s'exprimer qu'en musique aurait été muet sans elle. Longtemps, elle a été sa seule vraie compagne. Mais quand Maryline a surgi dans sa vie, il a compris qu'il n'avait jamais chanté et composé que pour elle. Puis la jeune femme s'est évaporée, emportant tout dans son sillage.

Depuis, aucune note ne résonne plus en lui. Il ne chante plus, ne compose plus. L'envie et la grâce sont mortes avec Maryline. Il a même perdu le goût de se produire en public, lui qui, pourtant, ne se sentait chez lui que sur scène. L'apothéose du dernier concert s'est achevée dans les grands yeux vides de celle qu'il aimait.

Michael chasse cette pensée d'un revers de la main en arrangeant une dernière fois son bonnet en laine. À côté de lui, Darell s'agace contre le réseau de ce fichu portable.

— Allô ? Allô ? martèle-t-il à son interlocuteur. Oui ? Vous m'entendez ? Bon, je vous disais que notre arrivée est prévue pour 6 h 12 à l'aéroport. Il nous faut un chauffeur dès notre descente de l'avion ! Quoi ? Non, je ne vous dirai pas pour qui. Pas de fuite. Vous savez comment ça marche. Allô ? Allô ? Vous êtes toujours là ? Allô ? Oui, non, laissez tomber, je vous envoie un mail. Ou un pigeon voyageur, oui, voilà.

Dépité, l'assistant remballe son téléphone dans la banane qui lui enserre la taille, juste au-dessous d'une chemise à col large impression ananas. Un de ces looks décalés dont lui seul a le secret.

— Ah, ces Français… se lamente-t-il en secouant la tête au moment où les portes s'ouvrent sur un hall lustré du sol au plafond. Tu ne préfères pas qu'on parte en Espagne, plutôt ?

— Bonjour, monsieur Wright ! salue le vieux concierge, tout sourire, en tenue de livrée derrière son comptoir. Content de vous revoir.

Depuis quand Michael n'est pas sorti de chez lui ? Un mois ? deux mois ? Il n'a plus vraiment la notion du temps, nuit et jour se confondent. Il gratifie l'employé d'un signe discret de la main.

— Vous souhaitez que je m'occupe de vos bagages ?

— On voyage léger, répond Darell en désignant les petits sacs que les deux hommes portent sur leur dos. Le chauffeur est arrivé ?

— Il vous attend au bas des escaliers.

Effectivement, un homme en smoking gris est adossé à une berline noire. Il souffle sur ses mains pour les réchauffer.

L'air froid cingle le visage de Michael. Il s'immobilise, pétrifié soudain devant le tohu-bohu de la circulation et le nombre faramineux de passants qui se pressent sur les trottoirs. À l'angle du boulevard, un écran publicitaire gigantesque vantant les mérites d'une marque de maquillage l'hypnotise : la jeune femme de la publicité lui rappelle vaguement Maryline, ses fossettes, le bleu de ses yeux.

— Michael ? Tu es avec moi ? s'alarme Darell en déposant les bagages dans le coffre.

— Oui oui, pardon, je…

Déjà, des gens ralentissent pour lancer au chanteur des œillades insistantes, sondant leur mémoire à la recherche de ce visage, de cette allure étrangement familière. Darell, mal à l'aise à l'idée de faire face à une émeute, lisse ses moustaches et, tapant le toit de la voiture du plat de la main, invite les deux hommes à se dépêcher.

Michael s'engouffre aussitôt dans le véhicule en rabattant son bonnet jusqu'aux rebords de ses lunettes de soleil, pendant que Darell inspire trois longues bouffées de son bronchodilatateur pour juguler son anxiété.

Direction l'aéroport, la peur au ventre, parce que chaque trajet en voiture ramène désormais Michael à ce trajet en car meurtrier.

Deux heures plus tard, le Boeing s'élève dans les airs.

5.

22 décembre 2017 – Souvenirs

Cette fois encore, Michael était parvenu à déjouer la vigilance de Darell et des gardes du corps. Il marchait dans la nuit froide de New York, affublé d'une fausse moustache, d'une barbe, d'un chapeau melon, de lunettes à double foyer, d'un costume et d'une énorme doudoune qui le rendaient méconnaissable et le faisaient passer pour un cadre en fin de course.

Michael chérissait ces moments qui n'appartenaient qu'à lui. Il n'avait alors pas besoin d'être parfait. Darell aurait été fou d'inquiétude d'apprendre qu'il se promenait seul. Raison de plus pour se sauver de temps en temps : énerver Darell n'avait pas de prix et faisait partie des menus plaisirs que le chanteur s'accordait de temps à autre, tel un gamin facétieux.

De toute façon, il n'avait pas d'autres choix. C'était lors de ses escapades interdites qu'il puisait désormais son inspiration. Il regardait les gens, leur inventait des rêves, des chagrins, des espoirs. Bouffées d'oxygène obligatoires, ces promenades anonymes lui remettaient les deux pieds dans la vie, la vraie.

Ainsi errait-il ce soir-là, bercé par le tumulte de la circulation et l'éclat des néons publicitaires. Les décorations de Noël luisaient en travers des avenues et se reflétaient sur les carrosseries des voitures. Quelques flocons tombaient du ciel. Çà et là, des groupes discutaient en riant, des couples s'embrassaient, des familles se pressaient devant les vitrines. Michael les enviait un peu. Parfois, un regard coulait dans sa direction. Le chanteur pressait alors le pas, inquiet d'être reconnu.

Les bras chargés de paquets, des travailleurs pressés s'engouffraient dans les bouches de métro tandis qu'un faux père Noël faisait la quête, un lecteur MP3 autour du cou diffusant, en continu, une musique de Noël. Quand le vieux monsieur se pencha sur un enfant, celui-ci éclata en sanglots et se réfugia derrière la jambe de sa mère, qui se mit à agonir d'injures le malheureux avant de partir, furieuse, sa progéniture dans les bras.

Compatissant, Michael déposa un billet dans la boîte de conserve tendue par le vieillard qui le remercia d'un signe de tête, puis il reprit sa balade, au hasard des rues où flottait une odeur de friture, de bretzel et de donut.

Le froid commençait à faire son œuvre. Le chanteur incognito souffla sur ses doigts engourdis et s'amusa à faire des ronds avec la buée que son souffle exhalait. Au détour d'un carrefour, il fut attiré par une enseigne. Juste en dessous, des marches menaient à une porte, plantée au milieu de deux vitres fermées par un rideau marron.

Une affiche jaune, gondolée par l'humidité et à moitié déchirée, pourrissait sur place. Il y était écrit : *Miley Kentucky Junior, 20 heures.*

Michael jeta un œil à sa montre et entra. Le concert avait commencé depuis vingt minutes.

C'était un établissement miteux. Derrière son comptoir, le patron blasé essuyait un verre avec un torchon trempé en fixant les actualités qui défilaient, en sourdine, sur un écran plat.

Seules deux de la dizaine de tables que comptait le bistrot étaient occupées. Des hommes, uniquement. Accoudé au zinc, un pauvre type vacillait devant un rhum coca.

Deux jeunes femmes étaient juchées sur une minuscule estrade, au bout du bar. L'une d'elle miaulait dans son micro en prenant des positions suggestives. Minijupe, brushing choucroute, décolleté plongeant, talons hauts, elle décochait des clins d'œil humides à la salle quasi vide.

Miley Kentucky Junior, supposa Michael.

Derrière elle, une fille aux cheveux courts bicolores grattait une guitare, assise sur un tabouret. Avec son débardeur, son bras tatoué, ses *boots* noirs qui montaient sur ses mollets, et son allure déglinguée, elle était aussi garçon manqué que l'autre femme était un cliché de femme fatale. D'ailleurs, l'ensemble était aussi disharmonieux musicalement qu'il ne l'était physiquement.

Aux accords profonds de guitare répondait la voix aiguë, limite stridente, de la femme aux talons. Ce n'était pas insupportable, mais ce n'était pas terrible. Nul doute que les hommes présents ce soir n'étaient pas venus pour la musique. Rivés à leur Smartphone ou en pleine discussion avec leur voisin, aucun d'eux n'écoutait vraiment.

Michael commanda une bière. Le barman enclencha la tireuse avec l'engouement d'un poulpe dépressif. Cognant le verre plein contre la paroi du comptoir, il renversa quelques gouttes qu'il essuya mollement d'un coup de torchon sale.

C'est alors que quatre jeunes hommes firent irruption dans le bar. Cravate dénouée sous le manteau, apparence de jeunes cadres dynamiques, passablement éméchés si on en jugeait les paroles sans queue ni tête qu'ils échangeaient à grand renfort de postillons. Sans aucune pitié pour la musique, ils se chamaillèrent puis réclamèrent très fort à boire.

Sur la scène, les deux jeunes femmes échangeaient des regards embarrassés. La chanteuse s'efforça de couvrir le raffut en poussant sa voix, quitte à en accentuer la fausseté. Mais cela n'eut pour effet que d'ajouter du brouhaha au brouhaha, puisque le volume des chamailleries des hommes monta d'un cran.

Profitant d'une note plus haute, la femme cria littéralement. Les discussions s'interrompirent une seconde, avant de reprendre. Le serveur, lui, grogna en se grattant le ventre.

Michael ressentit de la compassion pour celles que personne n'écoutait. Comme tous les artistes, il connaissait l'amertume et la frustration de jouer pour des gens que ça n'intéressait pas.

Il but une gorgée de bière et s'attarda sur l'écume blanche, tout en songeant qu'il tenait peut-être là une chanson, une histoire qui raconterait le parcours d'une petite chanteuse inconnue. Déjà, un bout de refrain se faisait jour, une mélodie aussi douce que cette mousse, et des paroles qui auraient l'amertume du houblon.

— Excusez-moi ! Vous pourriez avoir la décence de faire un peu moins de bruit ?

Le silence s'empara aussitôt de la salle. Comme tous les autres, Michael leva la tête, surpris, pour découvrir que la jeune musicienne aux cheveux courts avait confisqué le micro, la guitare ancrée dans le sol à la verticale, au bout de son bras. À côté d'elle, la femme fatale ouvrait des yeux gigantesques où le désarroi se mêlait à la colère. Le serveur, quant à lui, fronça les sourcils en se mordant la lèvre supérieure.

Satisfaite du calme revenu, la guitariste retourna s'asseoir sur le tabouret et le concert reprit sur les minauderies de la chanteuse en minijupe.

— À poil ! s'écria soudain l'un des hommes, hilare.

Torses bombés de pigeons replets, ses comparses accueillirent son intervention par des encouragements avinés.

La chanteuse, elle, fit mine de ne pas avoir entendu et continua à se dandiner. Seules ses joues empourprées et sa voix légèrement chuintante disaient la gêne qui commençait à pointer.

— Allez, à poil, quoi ! barrit un autre. T'as pas grand-chose à enlever, la chanteuse !

Cette dernière se liquéfia sur place. Elle s'efforça, tant bien que mal, de poursuivre sa chanson. Mais le micro, une fois encore, lui échappa. Surgie de derrière, sa guitariste fusillait du regard le groupe malpoli.

— Ouh ouh, fit l'un des types en ondulant lascivement du bassin.

— Tu ferais une belle danseuse, jeta la guitariste, sans se démonter.

Michael nota la présence d'un léger accent dans la voix de la jeune femme. Irlande ? Écosse ? Canada ?

— Dommage que le casting soit pas ouvert aux abrutis dans ton genre, ajouta-t-elle, sans sourciller.

Vexé, l'autre se dirigea cahin-caha vers l'estrade, l'envie d'en découdre au bout des bras.

— Répète un peu pour voir !

— Que tu ferais une chouette danseuse ? ou que t'es un abruti ?

Ensuite, tout alla très vite. En moins de temps qu'il n'en fallut à Michael pour comprendre ce qui était en train de se passer, l'homme, mal retenu par ses camarades de beuverie, arracha la guitare et la jeta. L'instrument s'écrasa dans un bruit sourd. Alors qu'il s'apprêtait à gifler la jeune femme, il reçut un coup de tête monumental qui le projeta à terre, le nez en sang, piteux, lamentable.

— On se casse de ce bar pourri ! déclara l'un des types.

Et, s'adressant au tenancier qui, déjà, se confondait en excuses poisseuses :

— Tu ferais mieux de faire gaffe à qui t'embauches à l'avenir ! Tu vas voir les commentaires qu'on va te mettre sur Internet.

Les quatre ivrognes déguerpirent en charriant un courant d'air froid qui fit s'envoler des serviettes en papier posées sur le comptoir, sous le regard mi-morne, mi-médusé des autres clients.

Michael, lui, détaillait la jeune femme aux cheveux courts et aux grands yeux bleus. Ce visage lui sembla familier. Mais impossible de se rappeler dans quelles circonstances il l'avait déjà croisé. Tandis qu'il fouillait sa mémoire, le gérant se dirigea vers les artistes.

Mortifiée, la chanteuse tirait sur sa robe en gigotant.

— Vous remballez vos cliques et vos claques et vous dégagez.

— Mais enfin, Will, t'as bien vu que c'est eux qui ont commencé ! tempéra-t-elle.

— Je veux pas le savoir. Prenez votre fric et barrez-vous !

Là-dessus, il leur jeta une liasse de billets.

— Tu peux pas nous faire ça, on a besoin de ce boulot !

— Fallait y penser avant que ta copine insulte mes clients, rétorqua-t-il en retournant à son poste, derrière son comptoir crasseux.

La copine, justement, vérifiait que sa guitare n'avait pas trop souffert dans la rixe. Elle enroula une corde qui avait sauté, remballa l'instrument dans sa housse kaki, rajusta son débardeur, attrapa sa veste en cuir, ramassa les billets, les compta, sauta par-dessus l'unique marche de l'estrade et, parvenue à la hauteur du tenancier :

— Il en manque, connard.

— C'est Monsieur pour toi.

— Il en manque, monsieur Connard. Trente billets pour être précise.

Un sourire imperceptible se nicha au coin des lèvres de Michael. Cette jeune au corps gracile d'adolescente n'avait décidément pas froid aux yeux.

Monsieur Connard tergiversa. Si l'on se fiait au roulement de ses yeux dans leurs orbites et au gonflement de ses tempes, les délibérations entre son lobe droit et son lobe gauche allaient bon train. Se remémorant sans doute le coup de boule, il finit par plier et daigna ouvrir son tiroir-caisse, non sans grogner :

— C'est bon, tu te barres, maintenant.

— Plutôt deux fois qu'une, répliqua-t-elle en arrachant les billets des mains du patron.

Là-dessus, elle gagna la porte. Juste avant de l'ouvrir, elle saisit un verre qui traînait sur le bar et l'envoya valser sans ménagement sur le mur d'en face.

Puis elle sortit, avec la dignité d'une amazone.

— Musicienne, mon cul, grommela le barman. Ça gratte trois berceuses et ça se prend pour une star.

Sidéré, et par la scène, et par l'incommensurable force qui se dégageait de la jeune femme, Michael se leva à son tour dans l'espoir d'avoir une chance de l'apercevoir une dernière fois. Il fut cependant dépassé par la chanteuse qui obliquait d'un pas décidé vers la sortie pour, sans doute, réconforter son amie.

Il se trompait. À peine celle-ci fut-elle dehors qu'elle vociféra, entre deux poubelles :

— J'ai perdu mon boulot à cause de toi !

— Ça vaut mieux que de se faire traiter comme ça…

De gros flocons tapissaient les cheveux épais de la chanteuse. Des nuages de buée s'échappaient de sa bouche. Ses cuisses blanches, frigorifiées, bougeaient en rythme pour ne pas geler sur place. Ses bras s'arrondissaient de grands gestes désordonnés.

— Tu sais au moins combien il nous paie ? Ça vaut pas la peine de supporter deux ou trois remarques déplacées selon toi ?

— Non, ça vaut pas la peine, répondit la guitariste, impassible.

— Non mais t'es vraiment qu'une ingrate ! C'est comme ça que tu me remercies ?! C'est fini, notre groupe ! Tu entends ! Je veux plus rien avoir affaire avec toi ! TER-MI-NÉ !

Ne sachant comment réagir, Michael était resté à bonne distance de l'altercation, camouflé dans l'angle mort d'un réverbère. Il observa la jeune femme qui avait déhoussé sa guitare et jouait à présent quelques accords en fredonnant, assise seule sur le banc, son blouson de cuir tacheté de neige. En dépit de la corde en moins, elle jouait très bien. Et elle dégageait une sacrée présence.

Michael s'était donné une règle stricte : ne jamais parler lors de ses escapades pour éviter les problèmes. Se contenter de regarder, d'observer, de se nourrir de ce que ses promenades lui offraient. Mais, ce soir-là, ce fut plus fort que lui. Cette jeune femme l'intriguait. Ne restait plus qu'à trouver une entrée en matière.

— Joli coup de boule.

Elle cessa de jouer et leva un regard méfiant vers Michael. C'était sûr, il l'avait déjà vue quelque part, il en aurait mis sa main au feu, mais où ?

Elle maugréa un « Merci » et reprit son accord.

— Vous permettez que je m'assoie ?

— Le banc est à tout le monde.

Il prit place. Mal à l'aise. Ignorant comment amorcer la discussion.

— Vous avez bien réagi, tout à l'heure, dans le bar.

— Contente que le spectacle vous ait plu, grinça-t-elle.

— …

— …

— Il neige, embraya-t-il en toussant pour chasser le chat qui grimpait le long de sa gorge.

— Difficile de vous contredire.

— Vous jouez depuis longtemps ?

— Vous n'avez pas d'ami ?

Pan, dans les dents. Il ne l'avait pas volé.

— Si, mentit Michael. Justement.

— Justement quoi ?

Justement rien. Et il se sentait complètement débile.

— Justement… je devais boire un verre avec eux et ils viennent de décommander… Alors, je me disais que, peut-être, vous auriez envie de les remplacer… En plus, j'ai cru comprendre que vous cherchiez du boulot en tant que guitariste…

— Bassiste, je suis bassiste à la base.

— Bassiste, c'est mieux. J'ai un petit groupe, moi-même…

— Vous fatiguez pas, allons boire ce verre, j'en ai bien besoin. Mais que ce soit clair, Noël ou pas, je ne crois pas aux contes de fées, on n'est pas dans une comédie romantique ou dans une chanson débile de Michael Wright. Et vous n'êtes pas du tout mon genre.

Re pan dans les dents. Au moins, les choses étaient dites.

— Je suis presque certain de vous avoir déjà vue, essaya-t-il, tout en se fustigeant de donner l'impression d'user d'une vieille technique de drague.

À coup sûr, elle allait le renvoyer dans ses vingt-deux.

— Si vous lisez la presse *people*, c'est pas impossible, répondit-elle pourtant.

6.

« Mesdames et Messieurs, nous vous informons que notre appareil entame sa descente vers l'aéroport de Nice. Nous vous remercions de bien vouloir remonter votre tablette et attacher votre ceinture. La température extérieure est de 19 degrés Celsius ou 66 degrés Fahrenheit. »

— Monsieur Wright ?

Michael soulève le bandeau noir qui recouvre ses yeux. L'hôtesse de la première classe tapote doucement son bras avec gêne. Rouge coquelicot derrière son blush, elle a les lèvres étirées d'une fillette forcée de devoir annoncer à la maîtresse qu'elle a fait une faute d'orthographe au tableau.

Michael retire ses écouteurs qu'il n'a enfilés que pour la forme, lui qui n'éprouve plus aucun plaisir à écouter de la musique.

— Je suis navrée, articule l'hôtesse en se redressant, mais nous n'allons pas tarder à atterrir. M'autorisez-vous à débarrasser ?

Sur la table s'amoncellent des petits-fours sucrés et salés et des coupes de champagne que Darell a commandés un peu plus tôt.

Darell, qui, d'ailleurs, a levé le camp.

Le chanteur opine du chef. L'hôtesse commence à ranger, aidée par Michael qui, en dépit de sa popularité, n'a jamais été à l'aise avec le fait que l'on nettoie à sa place. Darell émerge tout à coup du rideau de velours séparant la première classe des autres.

— Ah non, malheureux ! se récrie ce dernier, horrifié. Je rêve ou vous êtes en train de me priver de ces fabuleux amuse-bouche ?!

— Je regrette, monsieur, s'excuse la jeune femme, mais notre avion va atterrir…

— Mademoiselle, auriez-vous l'obligeance de me donner l'un de vos sacs-poubelle ?

L'hôtesse s'exécute : elle tend un grand sac noir à l'assistant qui s'en saisit aussitôt pour y faire tomber d'un seul geste une avalanche de pâtisseries et de toasts, avant de l'entortiller et d'en nouer les poignées, sous le regard incrédule de l'employée de la compagnie aérienne.

— Et voilà ! s'exclame Darell, satisfait. Y a pas de petites économies. C'est pas l'emballage qui fait l'homme, n'est-ce pas, mademoiselle ? Regardez, moi, par exemple, j'ai pas l'air d'être un Don Juan, et pourtant…

Puis, se penchant à l'oreille de Michael :

— On va se faire un petit pique-nique au bord de la mer, je ne te dis que ça. Range-moi cette tête d'enterrement et regarde.

Là-dessus, l'assistant soulève le cache du hublot. Apparaissent aussitôt la côte méditerranéenne et son ciel en forme de capuchon qui vire à l'orangé.

— C'est pas vilain, hein ?

La mer étale dans l'amorce de jour, les mouettes tournoyant au-dessus des bateaux de plaisance, la douceur paradoxale du relief accidenté, Michael aimerait se réjouir de ce spectacle. Vraiment. Mais sa capacité d'émerveillement s'écrase contre l'amertume qu'il ressent quand il songe que Maryline a pris un vol identique, ce 19 août-là, qu'elle s'est sans doute noyée dans cette même vue et qu'elle n'a pas jugé utile de le voir, lui, Michael, dans ce décor.

À défaut de s'extasier, le chanteur hoche la tête et dirige son regard vers un point invisible du sac-poubelle, dans l'espoir que personne ne se rendra compte que ses paupières se sont humidifiées.

Mais Darell secoue le sac pour ramener son patron sur terre et prend l'hôtesse à témoin :

— Dites-lui, vous, que c'est splendide !

Pendant ce temps, de l'autre côté de l'allée, une femme d'une soixantaine d'années repositionne des barrettes sur ses cheveux blancs tirés en arrière en s'aidant d'un petit miroir. Un sourire facétieux entrouvre ses lèvres lorsque le reflet de son regard croise celui de Michael.

— Pardonnez ma curiosité, prononce-t-elle en refermant la glace, mais vous êtes bien le chanteur Michael Wright ?

Celui-ci acquiesce tandis que Darell, sentant l'angoisse d'une fin de vol compliquée pointer le bout de son nez, reprend sa place, son inhalateur dans une main, clipsant sa ceinture de l'autre.

— Je voulais vous poser la question depuis le décollage, mais je n'ai pas osé, continue-t-elle avec un accent français à couper au couteau. Mais maintenant que nous nous apprêtons à atterrir, je n'y tiens plus. Je suis l'une de vos plus grandes admiratrices. Vous accepteriez de me signer un autographe ?

Darell secoue la tête pour dire non. Michael, lui, opine. Poliment, mais sans entrain. Il ne refuse jamais un autographe, même dans les pires moments.

Ravie, la vieille dame fouille dans son sac à main pendant plusieurs minutes et en extrait un ticket de carte bancaire.

— Il n'y a pas beaucoup de place, concède-t-elle. Tenez, vous n'avez qu'à signer là, si ça ne vous embête pas, juste au-dessus du montant, ça me fera un souvenir. Mon prénom, c'est Jeanne. J-E-A-N-N-E.

Michael s'exécute, docile.

— Vous venez souvent en France ?

— Rarement, avoue-t-il.

— C'est dommage. Nous avons la chance d'habiter un pays magnifique. Moi, je suis Parisienne. Paris, vous connaissez ? Je suis bête, bien sûr que vous connaissez ! Je dois vous faire une confidence : je me sens toute chose de voyager à côté de vous, pire qu'une adolescente. Je suis une vraie fan, vous savez. Une vraie de vraie. Je vous écoute en boucle. Ce voyage en première, c'est un cadeau que j'ai eu après un tirage au sort dans un supermarché… Quelle coïncidence, n'est-ce pas ? Surtout que je ne voyage jamais en première. À ce prix-là, autant se payer des vacances à l'île Maurice, pas vrai ? Pardon, je suis bavarde, je vous déconcentre. Et là, vous êtes venu pour les vacances ?

— On peut dire ça, élude le chanteur.

Hop, une nouvelle goulée de Ventoline pour Darell dont le front n'en finit plus de se couvrir de sueur.

— Fabuleux ! Et… incognito, je suppose ? ajoute-t-elle en désignant les lunettes noires posées sur ses genoux, sur un ton où s'entremêlent l'excitation et la connivence. Ou alors, vous nous préparez un petit duo avec Joe Mitchell…

— Qu'est-ce qui vous fait dire ça ? demande Michael, décontenancé par cette femme dont l'âge contredit chacun des mots qu'elle prononce.

— C'est évident, voyons, il paraît que Joe Mitchell habite dans le coin depuis un an, à Cannes, je crois.

Le cœur de Michael manque un battement. Joe Mitchell est cet autre chanteur à succès que d'aucuns présentent comme son principal concurrent. Mais, surtout, Joe Mitchell est l'ex-employeur de Maryline. Et, si l'on en croit la presse à scandales, son ancien amant.

7.

Dans le quatre-quatre qui mène à l'hôtel, Darell ronge son frein. Les pointes de ses moustaches roulent entre ses doigts impatients. Il fixe Michael qui se borne à regarder la route en serrant les dents.

— Tu ne veux toujours pas m'expliquer ce qu'on fait là ? Franchement, Michael, je suis sûr que je pourrais t'aider si seulement tu acceptais de me dire ce que tu as en tête.

— …

— Et puis, cette histoire avec Joe Mitchell, qu'est-ce que c'est encore que cette nouvelle lubie ? Avec ce qui s'est passé entre vous, tu crois qu'il va t'accueillir à bras ouverts ? On va se faire virer comme des malpropres, si tu veux mon avis. Le mieux est de ne pas avoir affaire à lui, on a suffisamment de problèmes à gérer.

— …

— Michael ?

— Mmh…

— Michael ? Tu m'écoutes ?

— Mmh…

— Je suis un agent infiltré du KGB, Michael…

— Mmh…

— … et je t'annonce que tu es en état d'arrestation.

— Mmh…

— Non mais Michael ! Tu n'écoutes rien de ce que je débite, ma parole !

— Oh, désolé, Darell, j'ai la tête ailleurs…

— Stooop ! hurle soudain l'assistant à l'intention du chauffeur.

Le chauffeur pile aussitôt, sous les coups de klaxon des autres automobilistes furibonds.

— Ici, ce sera parfait, annonce l'assistant en ouvrant la portière sous le regard ahuri de Michael.

Il attrape le sac-poubelle rempli de victuailles et invite le chanteur à descendre.

— Si Monsieur veut bien se donner la peine, articule-t-il avec une déférence ironique.

— On fait quoi là ?

— Pique-nique. Accompagné de son débrief sauce tartare.

Darell se dirige vers la côte. Michael, lui, n'amorce aucun mouvement.

— Eh bah quoi ? T'as des baskets, non ? Donc tu peux marcher jusqu'à cette charmante petite crique qu'on aperçoit là-bas. Allez zou ! Fais pas ta star et enfile ton bonnet et tes lunettes avant qu'une horde de fans en délire vienne s'amarrer à tes jolies petites fesses.

L'un derrière l'autre, ils escaladent quelques rochers, glissent sur des algues mouillées et finissent par arriver sur une plage de galets, déserte et minuscule.

— D'abord, tu me réveilles en plein milieu de la nuit pour m'embarquer à Cannes, tu blêmis quand Madame ta-Fan-Numéro-Un te cause de Joe Mitchell et ensuite, tu ne décroches plus un mot. Admets que c'est déroutant.

Pour toute réponse, Michael ramasse un caillou plat et le jette dans l'eau. Après deux ricochets, la pierre bute contre une vague et coule.

Michael s'assoit, imité par Darell. Entre les cuisses de ce dernier, le sac-poubelle à moitié déchiré bruisse au vent. Une grosse mouette, attirée par le sac crevé, s'approche des deux hommes.

— Il va falloir m'en dire un peu plus si tu veux que je t'aide.

Michael arrime son regard à la Méditerranée et à un bateau, qui, au loin, rentre au port. La brise légère soulève des mèches de ses cheveux. Mais elle agite la surface sans rien atténuer de la douleur en dessous.

— Michael, répète Darell le plus sérieusement du monde cette fois, je t'en prie, parle-moi.

Le chanteur enfonce sa main dans la poche de son jean, puis, sans un mot, tend la carte d'embarquement à son assistant du bout des doigts. La carte, déformée d'avoir été trop lue et gondolée à cause des larmes de détresse et d'incompréhension que Michael a versées, frétille, soumise aux embruns.

« Un homme ne pleure pas », s'est pourtant fâché le père du chanteur, des années auparavant. C'était le jour où sa mère est partie. Pour disparaître, elle aussi. Quand on demande à Michael d'où lui vient son incroyable inspiration, il biaise, affirme que c'est dans la vie des passants qu'il puise ses chansons. C'est en partie vrai. En partie seulement. Jamais il n'évoque ce père trop autoritaire, sa mère trop absente, ou ses heures confisquées à l'enfance et passées à l'attendre.

Plusieurs secondes sont nécessaires à Darell pour que, les sourcils en accent circonflexe derrière ses lunettes rondes, il prenne connaissance du document et comprenne les implications de ce voyage.

— Je crois qu'elle était avec Joe Mitchell, bafouille enfin Michael, en passant la main sur ses lèvres.

— Joe ? Mais enfin, c'est insensé !

Michael ramasse un petit-four et le pose près de la mouette. Il observe cette dernière sautiller jusqu'au gâteau et le pincer du bout de son bec orange, avant de répéter :

— Insensé... comme ce voyage dont je n'ai jamais entendu parler dans la ville où Joe habite, comme un fait exprès.

— Je suis sûr que c'est un pur hasard.

Michael ne réplique pas. La vie lui a appris que les coïncidences aussi grosses n'existent que dans les mauvais scénarios. Son bout d'amuse-gueule dans le bec, la mouette s'envole en direction de la ville qui, au loin, prend vie. Darell présente le sac-poubelle grand ouvert à son patron.

— Gâteaux ?

Michael secoue la tête.

— Tu ne m'en voudras pas de prendre ta part, dans ce cas ? reprend Darell en haussant les épaules, puis s'adressant aux petits fours écrasés dans le sac en plastique : Venez voir Papa, mes chéris, n'ayez pas peur.

L'écume lèche les rochers. La berceuse monotone de l'océan éclipse la rumeur de la circulation dans leur dos.

— J'imagine que tu as une idée derrière la tête, mon sucre d'orge anorexique… postillonne Darell entre deux bouchées.

Michael se borne à fixer l'horizon.

— Je veux voir Joe et tirer cette histoire au clair.

L'assistant secoue aussitôt ses mains à la manière d'un piaf paniqué.

— Tu n'y penses pas ! se récrie-t-il.

— Je ne pense qu'à ça.

— Seigneur…

Et hop, une bouffée de Ventoline.

— Je m'y rendrai seul si tu préfères.

— Je préfère, là n'est pas le sujet, rétorque Darell d'un ton sec. Mais il n'est pas question que je t'abandonne, tu pourrais te rendre compte que tu n'as plus besoin de moi et me flanquer à la porte comme un merlu tout sec. Ne rêve pas, mon ami, tu ne te débarrasseras pas de moi aussi facilement.

Et, un ton plus bas :

— Tu es au courant de ce qu'on raconte sur Joe ?

— Oui.

— Bien. Je voulais juste m'en assurer.

Là-dessus, Darell ôte ses chaussures, fait un ourlet à son pantalon et, sans demander son reste, se dandine jusqu'à la mer.

— Qu'est-ce que tu fais ? s'étonne Michael.

— Pêche aux moules !

L'assistant plante un orteil dans la mousse blanche. Puis, au rythme de petits cris de stupeur saccadés, il s'enfonce jusqu'aux mollets dans la mer où il se met à danser en s'époumonant sur des chansons paillardes.

L'eau est froide. Mais Darell se fiche bien de la température. Donner de sa personne pour faire sourire son meilleur ami, voilà six mois qu'il s'y emploie. Il n'est pas à une bronchite près. Surtout que ce qui les attend n'est pas de tout repos. Alors, autant en profiter avant.

8.

19 septembre 2018 (sept heures avant l'accident) – Le dernier concert

Deux hélicoptères, chargés de surveiller les alentours, survolaient le stade et la file gigantesque qui s'étendait bien au-delà des barrières. Des spectateurs survoltés piétinaient en attendant la fouille et le passage sous le détecteur à métaux.

Rarement on avait vu semblable dispositif. Celui-ci était à la hauteur de l'événement : démesuré. Il faut dire que l'on attendait plus de quatre-vingt mille personnes ce soir-là. Le concert se jouait à guichet fermé et les places, mises en vente des mois auparavant, s'étaient arrachées en moins de trois heures. Retransmis en direct à la télévision, le spectacle nécessitait une foule de techniciens. Sur le pied de guerre depuis des semaines, aucun d'eux n'avait le droit à l'erreur. Les enjeux financiers, considérables, interdisaient l'incursion du hasard.

Aussi, tout était sous contrôle. Tout ou presque. Le seul élément sur lequel personne ne pouvait influer, c'était la météo. Justement, nombreux étaient ceux qui louchaient avec inquiétude en direction du ciel et des nuages agglutinés comme de méchantes ecchymoses. La pluie gâcherait tout, alors, on priait. Dans les « on », il y avait notamment Marc, le producteur, qui n'en dormait plus depuis belle lurette et Tony, le tourneur, dont la calvitie s'accentuait à vue d'œil. Après tout, ça ne changeait pas de d'habitude, puisque l'essentiel de leur travail consistait à se faire de la bile. Mais cette fois, ça dépassait de loin tout ce qu'ils avaient entrepris jusqu'alors.

Pour l'heure, des caméramans traquaient les jeunes femmes, leur sourire et leur poitrine tendue sous les tee-shirts à l'effigie de Michael Wright, quand d'autres s'attachaient à piloter des drones au-dessus des gradins pour montrer ceux qui, parmi les spectateurs, se précipitaient dans la fosse à la recherche du meilleur emplacement. On monterait tout à l'heure un florilège des meilleures images en guise de générique pour la diffusion télévisée.

Tous les spectateurs voulaient se trouver au plus près de la star internationale. Certains, d'ailleurs, avaient même jugé préférable de dormir à la belle étoile aux abords du stade. En témoignaient les traits tirés et les sacs de couchage roulés en boule dans les sacs à dos qu'ils montraient grand ouverts aux vigiles tendus.

Il se dégageait de cette foule disparate une atmosphère à la fois fiévreuse et bon enfant. Ça fraternisait de tous les côtés. Ici, une grappe de jeunes gens entonnait *a cappella* des titres du chanteur ; là, on dansait sur le rythme endiablé d'un djembé. La plupart de ces gens ne se connaissaient pas une heure plus tôt. La perspective de partager un instant de communion autour de la voix et des mélodies de Michael Wright effaçait les différences, le temps du concert au moins.

À quelques kilomètres de là, les musiciens quittaient leur hôtel de Dallas et grimpaient dans des taxis aux vitres teintées. Le car de la tournée démarrerait peu après en empruntant une autre route. Objectif : semer les paparazzis et éviter les incidents qu'une conduite trop sportive risquerait d'entraîner. Marc ne leur avait pas laissé le choix : « Pas de mauvaises surprises, pas ce soir. Alors vous arriverez un par un, et c'est non négociable. Il manquerait plus qu'on reconnaisse le car, que ça crée une émeute, et que ça vous mette en retard. Gouverner, c'est anticiper. Alors, on prend les devants. Une fois que le concert est passé, je m'en contrefiche, vous ferez bien ce que vous voulez. Mais jusqu'à la fin de cette putain de soirée, vous êtes à moi. Je ne veux pas d'impair. Trop de fric en jeu. Est-ce que c'est clair ? »

Ça avait été très clair, tout le monde s'était plié à la consigne.

Ainsi, comme prévu, les membres du groupe passèrent l'un après l'autre la porte des *backstages*. Josh, le batteur, salua le premier les nombreux vigiles postés à l'entrée des coulisses. Cinq minutes plus tard, il fut rejoint dans sa loge par Jerry, le guitariste. Emily et Judy, les sœurs violonistes ensuite. Puis vinrent le tour d'Eliott, le pianiste, de Maryline, la bassiste, de John, Jim, Harper, Adjoula et Polly, les cinq choristes. De Michael. Des quatre danseurs : Trevor, Tiphaine, Samy et Alya.

Une fois l'équipe au complet, tous gagnèrent une salle feutrée où les attendaient le chorégraphe, assis sur un sofa, et le professeur de chant, derrière un petit piano. Sur l'invitation de ces derniers, ils vocalisèrent et esquissèrent des pas de danse, au milieu des fauteuils, des poufs et des coussins qu'on avait installés pour l'occasion.

Michael faisait le pitre pour détendre l'atmosphère : il mimait des arabesques grotesques et perçait le silence concentré des membres du groupe de quelques « la la la » stridents et horriblement faux. Des éclats de rire fusèrent. Même le professeur de chant, stressé au possible, ne put s'empêcher de pouffer. La bonne humeur de Michael était contagieuse. Il n'était jamais le dernier à s'amuser. À le voir plaisanter ainsi et faire le clown, aucun observateur extérieur n'aurait pu imaginer que l'artiste était sur le point de jouer toute sa carrière.

« Un concert comme ça, soit c'est l'apothéose, soit c'est la catastrophe », lui avait dit Marc, les yeux dans les yeux. « Soit t'es un dieu, soit t'es fini », avait-il encore ajouté, comme s'il était nécessaire de clarifier le propos.

Marc aimait clarifier. Alors il répétait, martelait, assénait. C'était sa manière à lui de conjurer l'angoisse. Michael, lui, avait une façon tout à fait différente de déjouer le trac. Il faisait l'andouille. Faire rire lui permettait de maintenir à bonne distance la peur qui lui asséchait la gorge et lui gonflait les tempes. Parce que, même s'il ne le montrait pas, il n'avait jamais été aussi nerveux.

Un peu plus tôt dans la journée, lorsqu'il était passé incognito devant l'entrée du stade et qu'il avait vu la queue gigantesque des fans, il avait failli tourner de l'œil, étranglé par la peur de les décevoir. Tous ces gens comptaient sur lui, ils étaient venus en masse pour l'entendre, avaient perdu des heures de leur temps, et de l'argent, pour lui. Il n'en revenait pas. Lui, le petit Michael Wright, ne comprenait pas très bien ce qui lui arrivait.

Le succès n'était pourtant pas tombé du ciel. Michael avait travaillé d'arrache-pied, beaucoup sacrifié, expérimenté des années noires, essuyé des critiques mitigées et des accueils glacials, songé un nombre incalculable de fois à des options de reconversion. Les journalistes l'avaient même dit fini, avant même de l'avoir vu réellement commencer.

Bref, il avait eu le temps de rêver le succès. Il l'avait vu arriver comme un enfant ébloui par le père Noël lors d'une nuit enneigée, persuadé de ne pas être le gamin que le vieux dans son manteau rouge escomptait. Une sorte d'erreur de casting du destin. Quand les distinctions avaient commencé à pleuvoir, Michael avait reçu les récompenses avec une modestie désarmante, convaincu que quelqu'un finirait par se rendre compte de l'entourloupe, s'attendant à ce qu'on lui reprenne ses Grammy parce que les membres du jury s'étaient trompés : « Désolé, c'est pour un autre, il vous ressemble beaucoup, vous ne l'auriez pas aperçu des fois ? »

Il avait accueilli les chiffres étourdissants de ses ventes d'album avec la même incrédulité : « Je crois que vous vous gourez, les mecs, j'ai rien à voir là-dedans. » Il avait autant confiance en lui qu'un agoraphobe dans le métro aux heures de pointe.

Alors que le professeur de chant faisait courir ses doigts sur le clavier du piano, Darell surgit dans la salle, sans frapper, un porte-document à la main.

— Mes chéris, on arrête les tralalas et les valses de Vienne, et on court se sustenter. Je vous rappelle qu'un repas léger est de mise. Pas question de ballonner, voire pire – vous me pardonnerez de vous passer les détails –, sur scène. Cela dit, l'organisation a fait livrer un couscous qui m'a l'air fameux et des fromages français. Autrement dit, j'ai du bon tabac dans ma tabatière, mais tu n'en auras pas. Oh, ça va, les artichauts, ne faites pas ces têtes de trente-six pieds de long. Si vous êtes sages, je vous préparerai des *doggy bags*. En attendant, à moi les pois chiches et la semoule.

— Allez, Darell, aie pitié de tes pauvres esclaves, railla Josh.

— Si on me fait encore manger de la salade, je me transforme en brebis, prévint Alya.

— Quelqu'un serait partant pour une partie de saute-mouton ? s'écria Michael.

— Tu déconnes ?! s'alarma Darell.

Le chanteur secoua la tête, l'œil brillant. L'assistant se décomposa et porta la main à son front comme pour cacher la vision de la fine équipe en train de se sauter dessus comme une bande de mioches effrontés.

— Seigneur, il déconne pas…

Aux abois, il courut en tous sens, essayant d'empêcher l'un de vaciller, l'autre de blesser celui qui faisait le dos rond.

— Vous allez finir par vous faire du mal, s'étouffa-t-il en aspirant une bouffée de Ventoline. C'est pas possible ça, vous voulez ma peau, ou quoi ?

Un geste en amenant un autre, une bataille de coussins s'engagea.

— Arrêtez tout de suite ! protesta Darell d'une voix suraiguë.

Puis, avisant Michael qui tenait un coussin et s'approchait dangereusement de lui, il recula.

— Oh non, Micky Mike, tu ne vas pas oser.

Mais Micky Mike, bien sûr, osa, sonnant l'hallali contre un Darell offusqué, téméraire soudain, babines retroussées sous la moustache.

Voilà plus d'un mois qu'ils sillonnaient la route tous ensemble et qu'ils partageaient des moments mémorables. Une joyeuse colonie de vacances en somme. Mais des professionnels avant tout. Aussi, lorsque Darell sonna la fin des réjouissances, tous le suivirent sans broncher, comme des gamins en fin de récréation, fourbus mais ravis.

Tous, sauf Maryline qui était restée en retrait durant toute la séance de castagne molletonnée. Michael l'entraîna discrètement à l'écart, entre deux énormes amplis et des montagnes de câbles.

— Un problème ? s'inquiéta-t-il.

— Non, je…

— Michael, on a besoin de toi par ici, pesta Marc.

— J'arrive, une seconde !

S'adressant de nouveau à Maryline :

— Tu es sûre que tout va bien ?

La jeune femme lui sourit.

— Tu es très belle ce soir, chuchota-t-il avant de déposer un baiser sur ses lèvres.

Elle fronça les sourcils et fit la moue.

— Arrête de me charrier, je suis pas encore passée au maquillage.

— Michael ! tonna une nouvelle fois Marc. C'est maintenant qu'il faut que tu rappliques, pas dans dix ans.

Le chanteur caressa la joue de la jeune femme.

— Je crois que le devoir nous appelle.

À regret, il quitta l'obscurité de leur cachette. Sans se rendre compte qu'elle ne le suivait pas.

9.

Atchoum !

Darell manque de faire tomber le téléphone qu'il a subitement écarté de lui. Il enfouit son nez rouge dans un mouchoir en papier et se mouche bruyamment. La baignade improvisée lui a valu un rhume carabiné.

— Je suis navré Micky Mike, bafouille-t-il d'une voix enrouée en reposant le combiné sur la table de chevet de la chambre d'hôtel. C'était couru, ils refusent de me passer Joe. Il paraît qu'il est en plein dans sa quinzaine « loin de tout ».

Il mime les guillemets avec les doigts.

— Comment ça, « loin de tout » ?

— Bah « loin de tout », quoi. Loin du téléphone, loin des réseaux sociaux, loin de ses obligations, loin de son équipe, loin de sa vie. Impossible de le déranger, « même en cas de fin du monde ». D'après son assistante, « il est en ce moment même au plus près de lui-même et de la nature ».

Darell prononce ces derniers mots d'une intonation guindée et volontairement ridicule.

— Ah, ce « cher » Joe Mitchell, toujours aussi à l'ouest… commente-t-il encore, avant d'éternuer pour la énième fois.

Darell épie les réactions de Michael. Comme son patron ne moufte pas, il soupçonne que ce concept « loin de tout » n'est pas pour lui déplaire.

— Non non non ! s'offusque-t-il en se mouchant et en agitant un index rond devant le museau du chanteur. N'y pense même pas ! « Loin de tout », n'importe quoi… C'est pas possible, ça, de rester loin de tout !

— Ce n'est pas à ça que je pense.

— Tu me fais peur.

Darell sera toujours l'enfant maladroit de Boone, Caroline du Nord, que le petit Michael tirait sans cesse des mauvais pas. Comme la fois où un sale gosse a attaqué son cartable au cutter. Ou lorsqu'il s'est retrouvé attaché à un arbre, au beau milieu du marais.

— Darell, tu as toujours peur.

— *Gna gna gna*, s'indigne l'assistant, à court d'argument, en essuyant les verres de ses lunettes sur le revers de sa chemise toute fripée.

Le chanteur est songeur. Il imagine Maryline et Joe Mitchell ensemble. Dîner au restaurant. Danser l'un contre l'autre. S'embrasser. Faire l'amour. Cette image lui donne la nausée. Il se ronge un ongle.

— Tu crois que tu pourrais me trouver son adresse ? s'enquiert-il soudain.

— Bien sûr, mais… tu comptes te rendre chez lui directement ?

— C'est la seule solution, non ?

Darell se garde de répliquer que non, que la meilleure solution serait de profiter de la mer, du soleil de ce début de printemps, de la vie. Qu'il vaut mieux éviter de convoquer des fantômes si on ne veut pas être déçu. Et que, surtout, tout, absolument tout serait préférable à une visite impromptue au redoutable et imprévisible Joe Mitchell.

— Tes désirs sont des ordres, abdique-t-il cependant en s'affaissant sur le matelas.

Michael pose la main sur l'épaule de son assistant.

— Tu devrais peut-être te reposer, tu es tout pâle.

— C'est…

La trouille…

Mais, ravalant sa salive et ses paroles, Darell assure :

— … un début d'angine, ne t'inquiète pas, je pète le feu.

Deux heures plus tard, sous un ciel sans nuages, les deux hommes gravissent un chemin tortueux surplombant la mer, où chaque pas manque de les envoyer valdinguer trois mètres plus bas. Darell, au bout de sa vie, s'échine à rappeler qu'il a le vertige, entre autres.

Le réseau de leurs portables s'en va et s'en vient, s'en va surtout, si bien que *Google Maps* n'en finit pas de les faire tourner en rond. Si le projet avait été de voir du pays, ils auraient été servis.

Enfin, après moult détours au-dessus d'une eau qui se confond avec l'horizon, les voilà arrivés à destination. Une destination aux allures de déception.

Un immense mur gris, façon enceinte de prison, leur barre la route. La muraille lisse, couleur de souris, monte à plus de trois mètres et se termine par un embrouillamini de fils barbelés. Çà et là pendouillent les branchages d'une vigne. Une caméra de surveillance ponctue chaque mètre. Les objectifs à détection de mouvement suivent le moindre geste des deux rôdeurs.

Un bunker.

— Et maintenant ? ahane l'assistant. On fait quoi ?

— On cherche l'entrée.

— On cherche l'entrée, évidemment, grimace Darell.

Ils reprennent leur progression, Darell emboîtant tant bien que mal le pas décidé de Michael.

Le mur est construit à flanc de falaise. Un passage étroit, une vingtaine de centimètres tout au plus. Le bord, tout près. Les vagues, trop proches. Les rochers acérés, en contrebas. Cette allée n'est pas faite pour être arpentée. Darell en veut d'ailleurs pour preuve que les environs sont déserts. À chaque fois qu'il se risque à regarder en bas, il pousse un cri de terreur, agrémenté de « Oh la la » et autres « Ouh la la la la » qui, espère-t-il, sauront atténuer la motivation de son patron. Mais c'est peine perdue, Michael avance, entêté.

Tout à coup, Darell éternue. Une demi-seconde plus tard, une rafale de cailloux atterrit dans le bouillon, en bas. Michael pivote prestement et découvre son assistant blême, tremblant, les quatre fers en l'air, les yeux confisqués par le vide.

— Tout va bien ? s'affole-t-il.

Muet d'effroi, le cœur à mille à l'heure, Darell fixe les petites pierres éclatées sur la paroi qui viennent de terminer leur course dans la Méditerranée, songeant avec horreur que son crâne à lui ne doit pas être beaucoup plus solide que ces cailloux-là.

Michael l'aide à se relever. Les jambes molles, Darell s'appuie contre la falaise et attrape la bouteille d'eau que lui tend le chanteur. Il boit une gorgée et éternue au moment où le liquide passe sa bouche, si bien que des gouttes s'infiltrent dans son nez. Il est sur le point de s'étouffer, au grand dam de Michael qui lui tape gentiment dans le dos.

— Si je meurs, je veux que tu m'écrives une chanson.

Darell en fait toujours trop. C'est sa marque de fabrique. Le chanteur s'efforce de sourire et soupire.

— Je ne pense pas que tu vas mourir tout de suite.

— Oh, détrompe-toi, ma licorne, tousse l'autre. Avec tout ce que tu me fais subir, il se pourrait bien que je passe l'arme à gauche plus vite que tu ne l'imagines. Tu ferais mieux de prendre déjà ton stylo et ton piano, histoire de ne pas être pris au dépourvu. Je sais que tu réagis mal à la pression.

— Je crois qu'on y est, coupe Michael en pointant, à cinq mètres de là, un gigantesque portail sombre, bardé de caméras.

— Oh, Seigneur ! se récrie Darell, en battant des mains près de ses tempes comme un oisillon sur le point de s'envoler. L'antre de l'ogre…

Puis, ravigoté par une bouffée de Ventoline :

— Bon, entre mourir écrasé dans ce ravin ou dévoré tout cru par Joe Mitchell, je crois que je préfère encore la deuxième solution, pourvu qu'on ne tergiverse pas plus longtemps. Allez, en route mauvaise troupe !

10.

Darell presse le bouton de l'interphone. Une fois, dix fois. Comme rien ne se passe, il se met à gesticuler devant les caméras. À côté de lui, inquiet, Michael gratte le sol du bout de ses baskets.

— Bon, tu vois bien qu'il n'y a personne, constate Darell, soulagé. Allez, hop, on rentre à l'hôtel, je m'achète le petit maillot que j'ai repéré tout à l'heure, et je file barboter dans la piscine pendant que tu déprimes au bar.

Le petit homme a déjà effectué une dizaine de pas joyeux lorsque grésille le haut-parleur. Darell s'immobilise net.

— *Vous êtes qui ?* crache une voix masculine en français.

Michael sonde sa mémoire à la recherche des cours de Mlle Hubert, son professeur de français au collège. Une jeune femme brune, piquante, qui, avec son charmant accent lorsqu'elle parlait anglais, faisait chavirer le cœur des adolescents. Bien sûr, de ses cours, il n'a rien gardé, à part quelques insultes, des mots pour conter fleurette, et des « Bonjouuur Paaariiis. Ça vaaa bieeennn ? » censés enflammer la foule lors de ses concerts.

— *Qui êtes-vous ?* répète la voix, en anglais cette fois.

Tandis que Michael, désarçonné, reste muet, Darell amorce un demi-tour à contrecœur, courbé tel le condamné devant l'échafaud, et déclare, solennel :

— Michael Wright et son fidèle ami, Darell Edwards.

Là-dessus, l'assistant esquisse une courbette en direction de la caméra la plus proche, sous le regard consterné de Michael.

— *Et moi, je suis une merguez perdue dans un hot-dog,* réplique illico le haut-parleur. *Allez hop, dégagez les rigolos !*

— Je suis vraiment Michael Wright, conteste l'intéressé en retirant son bonnet. Nous voudrions parler à Joe Mitchell.

Silence... respiration forte... chuchotements en français. Puis, en anglais de nouveau :

— *Qu'est-ce qui me prouve que vous êtes bien Michael Wright ?*

Michael présente son passeport devant l'objectif.

— *Bof, ça se trafique, ça... Chantez-nous un de vos refrains pour voir...*

— Non, mais vous exagérez là ! s'indigne Darell.

— *Si vous saviez le nombre de détraqués qui vagabondent ici et qui espèrent rentrer pour voir M. Mitchell, vous comprendriez. Allez, une petite chanson pour me prouver que vous êtes bien celui que vous dites, sinon, j'appelle la police.*

Michael regarde Darell, pétrifié, qui n'a pas de solution miracle cette fois et hausse les épaules en signe d'impuissance. Le chanteur ouvre alors la bouche sous le regard scintillant d'espoir de son assistant. Mais les paroles qu'il a maintes fois chantées se dérobent. Sa voix se refuse. Encore. La musique le ramène immanquablement aux grands yeux vides, à ce soir-là, à ce qu'il aurait pu éviter, à ce pardon qu'il ne pourra jamais lui demander.

La frustration et le chagrin s'emparent de lui. Il renonce, les paupières gonflées de larmes retenues.

— *Vous avez une minute pour déguerpir, Laurel et Hardy,* jette la voix agressive.

Le crépitement dans le haut-parleur se tait. Le chant des vagues reprend toute la place.

— Viens, murmure Darell en poussant gentiment le dos de Michael, on s'en va, ça vaut mieux.

Mais le chanteur résiste. Il se rapproche du portail jusqu'à le toucher et entreprend de se hisser de l'autre côté, à la force des bras et des pieds, enjoignant à Darell de lui faire la courte échelle.

— C'est pas une bonne idée du tout, bégaie ce dernier tout en s'exécutant.

Car une partie de lui se réjouit de constater que Michael est en train de redevenir le type combatif qu'il a toujours connu, un gars un peu fou, un peu rebelle et très *rock and roll.* Une partie de lui est heureuse de réaliser que si Michael Wright n'a plus la musique, il possède néanmoins une sorte d'instinct de survie.

Michael s'écroule de l'autre côté du portail, dans la propriété de Joe Mitchell. Distinguant le bruit sourd de l'atterrissage, Darell plisse les yeux et se recroqueville en murmurant un « aïe ».

Aïe, les abattis de Michael.

Aïe, la suite des événements.

11.

31 décembre 2017 – Souvenirs

Les sapins perdaient leurs épines, boules et guirlandes seraient bientôt remisées au fond des placards. Un réveillon chassant l'autre, New York s'apprêtait à fêter la nouvelle année sous la neige.

Le studio que la maison de disque laissait à disposition du chanteur pour ses répétitions plongeait lentement dans la pénombre. Pendant plusieurs heures, Michael, Josh, Jerry et Maryline avaient joué sans répit et trouvé de nouveaux arrangements.

Ils venaient de terminer la dernière chanson. Maryline se servit un café, Michael but une gorgée d'eau pendant que les deux autres rassemblaient leurs affaires. Ce soir, c'était réveillon, hors de question de faire du rab.

— À lundi ! jeta le batteur en zippant son blouson.

— Bonne année ! renchérit le guitariste.

— Bonne année, les gars ! répondit Michael en fermant la porte.

Ne restaient plus que lui et Maryline, entre le canapé noir, les instruments, les micros et les câbles.

— On y retourne, commanda la jeune femme lorsqu'elle eut avalé la dernière goutte de caféine.

Docile, Michael se remit au piano. Maryline reprit sa basse. Dans la luminosité en berne, les deux instruments se mélangèrent sans à-coups, dans une ambiance feutrée et intimiste.

Maryline était insupportable. Très épidermique, un caractère trempé dans un verre de scotch. D'ailleurs, Josh et Jerry s'en plaignaient en catimini, dès qu'elle avait le dos tourné ou lors des nombreuses heures passées à l'attendre, vu qu'elle était toujours en retard. Même Marc, le producteur, ne s'était pas gêné pour demander à Michael de se débarrasser d'elle. « Tes gars n'en peuvent plus, cette nana n'est pas fiable, vire-la, bon sang ! »

Certes.

Mais Maryline était une sacrée bonne musicienne. Dotée d'une oreille incroyable, d'un sens du rythme et de la mélodie extraordinaire, elle apportait aux chansons de Michael une envergure inédite. Chaque note qu'elle sortait semblait défier les lois de la gravité.

Quand elle jouait, elle était possédée, comme envolée à des années-lumière. Et puis, il y avait en elle un contraste qui le fascinait. Depuis le premier soir.

Avec son nez retroussé et ses grands yeux bleus, elle donnait l'impression d'être perdue en permanence dans un monde qu'elle ne comprenait pas, comme une gamine qu'on aurait posée là par inadvertance. Dans le même temps se dégageaient de sa musique une force et une maturité inouïes, une détermination à toute épreuve.

Cette femme constituait pour Michael un véritable mystère. Une vieille âme, peut-être. Elle n'était pas comme les autres, différente, à l'image de sa réaction lorsqu'elle avait su qui il était réellement.

Trois jours après leur rencontre sur le banc face à ce bar miteux, alors qu'il l'avait conduite dans la cour de l'immeuble du studio, il avait finalement enlevé ses lunettes à double foyer. Bien sûr, il s'était attendu à ce que sa véritable identité effraie – ou, au moins, interpelle – Maryline.

Les gens changeaient quand ils se rendaient compte qu'ils s'adressaient à Michael Wright. C'était sa croix. Il y avait ceux que la célébrité excitait et qui se mettaient à chanter dans l'espoir que Michael leur mette le pied à l'étrier, ceux qui dégainaient leur perche à selfie, ceux qui s'arrogeaient le droit de l'injurier – parce qu'après tout, Michael Wright appartenait un peu à tout le monde –, ceux qui cherchaient à le piéger. Aussi Michael avait-il appris à ses dépens qu'atteindre un tel niveau de notoriété excluait les relations faciles et gratuites, et biaisait forcément les rapports humains. Il était devenu méfiant.

Mais la jeune femme ne s'était pas démontée. Elle avait juste répondu, en tirant sur sa cigarette et en sautillant sur place pour tromper le froid : « C'est cool. » Avant d'ajouter, sur le ton de l'évidence : « Par contre, ça ne change rien au fait que je trouve vos paroles super niaises. »

Il avait alors évoqué Joe Mitchell, les tabloïds, les photos, cherchant à comprendre la raison qui l'avait remise sur la route et fait reprendre sa carrière à zéro ; elle s'était rembrunie en lui opposant une fin de non-recevoir : « En parler, avait-elle répliqué, n'avait aucun intérêt. »

Deux bourreaux de travail.

Comme les quatre jours précédents, ils ne cessèrent de jouer que lorsque le ciel alluma ses étoiles. Elle reposa la basse, il ferma le capot du piano.

— Brrr, quel froid de canard ! Hello, mes deux bonbons préférés !

Darell. Vêtu d'un long manteau qui lui descendait jusqu'aux chevilles, l'assistant portait sur son bras le costume jaune de Pikachu qu'il réservait à Michael. La tête de l'animal pendait à l'envers.

— Salut, Whitney Houston ! répondit Maryline en enfilant une veste en cuir sur sa silhouette gracile d'éternelle adolescente.

Elle déposa un baiser sur le coin de la moustache de Darell. Puis, désignant le costume informe avachi sur le bras du petit homme, elle gloussa :

— Félicitations, tu as réussi à buter le plus ridicule des Pokemons.

— M'en parle pas. Le type chez qui j'avais réservé les déguisements s'est emmêlé les pinceaux sur la commande. Résultat…

Là-dessus, il ouvrit son manteau.

— Allez-y, marrez-vous.

Maryline et Michael ne se firent pas prier. Et ne s'arrêtèrent de rire que pour mieux considérer le pagne, le soutien-gorge en noix de coco et le collier de fleurs sur le torse poilu et bien en chair de l'assistant.

— Eh ouais, une vahiné… commenta Darell, désabusé.

— Et les cheveux ? demanda Maryline en se couvrant la bouche pour mieux contrôler son fou rire.

— Dans le sac à dos.

Ils s'esclaffèrent de nouveau.

— Allez, allez, soupira Darell en accompagnant les rires des deux autres d'un geste de la main, à la manière d'un chef d'orchestre blasé. Michael, je te rappelle qu'on est attendus. Tu enfiles Pikatruc…

Hop, nouvel éclat de rire.

— Allons bon, vous êtes pires que des gosses, vous devriez avoir honte d'avoir l'esprit si mal placé. Remarquez, c'est peut-être mon corps de sirène qui vous réchauffe.

Là-dessus, il mit les mains sur ses hanches et se trémoussa. Mais le temps pressait. Après plusieurs secondes d'hilarité, Maryline recouvrit ses cheveux courts d'un bonnet gris, entoura son cou d'une énorme écharpe bleue et passa la tête dans la bandoulière de son vieux sac.

— Des projets pour ce soir ? demanda Michael en mettant une jambe dans son costume.

Une petite pause au bout de laquelle Maryline répondit :

— Bien sûr… Plein… Bon réveillon, les gars ! Et attention à ne pas prendre froid, Vaiana !

Darell bomba le torse et se frappa le cœur :

— Une Tahitienne a le soleil au fond de son âme. Elle n'a jamais froid.

Maryline sourit. Et passa la porte.

S'attardant à la fenêtre, Michael la regarda traverser la rue et s'engouffrer d'un pas rapide dans la bouche de métro. « Attachiante ». Voilà l'adjectif qui convenait le mieux à cette drôle de jeune femme.

— N'oublie pas de mettre ton masque, railla l'assistant. Faudrait pas qu'on voie tes yeux de merlan frit.

Michael tourna la tête, comme réveillé en sursaut au milieu d'un songe.

— Hein, quoi ?

— Rien du tout. Dis donc, tu crois que Pikachu saurait jouer du ukulélé ?

Il amorça un mouvement de hula hoop et précisa, en faisant papillonner ses cils derrière ses grosses lunettes :

— On pourrait faire un tabac, toi et moi.

12.

Après s'être écroulé lourdement de l'autre côté du portail, Michael se relève avec difficulté et frotte les mains sur son jean déchiré au niveau des genoux. Il balaie du regard l'immense demeure, en tout point semblable à ce qu'il a imaginé : un château fort presque noir et une tour aux allures médiévales, enjolivés d'une petite église d'inspiration romane. Un cimetière – un faux, enfin, il l'espère – agrémente ce funeste tableau.

Tout à coup, un cliquetis près de sa tempe.

— Tout doux, grince un homme quand il pivote.

Face à lui, le canon d'un fusil. Instinctivement, le chanteur lève les mains.

— Baissez votre arme !

Michael se tourne cette fois vers la voix grave qui vient de prononcer cette injonction. Une grande femme brune, cheveux raides tombant sur les épaules, vêtue d'un pantalon et d'un chemisier noirs moulants, s'avance en direction du chanteur, suivie par un chat siamois au pelage corbeau.

Pendu au cou de l'animal clignotent les yeux rouges d'un pendentif à tête de mort.

Avec une élégance froide, la femme force le gardien, qui tient toujours Michael en joue, à abaisser son fusil.

— On peut savoir de quel droit vous vous introduisez chez les gens…

La femme marque une pause durant laquelle elle détaille le chanteur, avant d'ajouter :

— … monsieur Wright ?

Derrière elle, le gardien baisse piteusement la tête.

— Je voudrais juste voir Joe…

— C'est impossible, je regrette, tranche-t-elle d'un ton sec. Vous n'auriez pas dû vous déplacer. Comme je l'ai dit à votre assistant au téléphone, Joe est en ce moment absent du monde pour mieux se retrouver. Il expérimente comme tous les ans sa quinzaine « loin de tout ». Je suis dans l'incapacité de le déranger.

— Ah, tu vois, qu'est-ce que je t'avais dit ! fait la voix de Darell, assourdie derrière le portail épais. Il va falloir attendre que ce bon vieux Joe sorte de son cercueil…

Michael gonfle les joues : Darell ne l'aide pas beaucoup avec ses insinuations.

— Ce ne sera pas long, supplie Michael, le temps de discuter avec lui, quoi, dix minutes à peine. Je vous en prie, c'est important.

— N'insistez pas. Joe a besoin de sérénité. Et vous êtes loin d'être la sérénité, si je peux me permettre. Il me semble d'ailleurs que le jugement rendu il y a dix ans a été clair. Il vous est interdit de vous approcher à moins de cent mètres l'un de l'autre.

— Appelez-le dans ce cas, je peux me contenter d'un coup de fil.

— Il n'est pas joignable. Rentrez chez vous, monsieur Wright, je vous assure que ça vaut mieux pour tout le monde. Ne m'obligez pas à demander aux gardes du corps de vous sortir *manu militari.*

Il fut un temps où Joe et Michael étaient très proches. Ils avaient démarré au même moment, écumé des bars et des salles minuscules et, à force de se croiser, ils avaient décidé de rassembler leur fougue et de former un groupe, les MW, M comme Mitchell, W comme Wright.

Leur premier album avait été signé par un label local. Peu leur importait au fond les circonstances, ils avaient accueilli ce contrat avec un bonheur indicible sans regarder les clauses de trop près.

Débordant d'enthousiasme, ils avaient alors quitté les bancs du lycée pour sillonner les États-Unis, jouant dans de petites salles et rencontrant des succès d'estime à chacune de leur prestation. Leur exaltation allait crescendo. Grisés par la musique et par le peu d'argent que le label leur octroyait, ils sentaient qu'ils tenaient le début de quelque chose, que leur carrière connaîtrait bientôt un développement exponentiel, que les deux gosses bagarreurs et tourmentés qu'ils étaient avaient enfin une place quelque part.

Ils étaient jeunes et fous, jusqu'à se prendre parfois pour les rois du monde à qui rien n'était interdit. Ils s'étaient peu à peu taillé dans le milieu une réputation d'enfants terribles. Guitares saccagées sur les amplis, arrestations aux motifs multiples et variés, trop d'alcool, trop de drogue, trop de filles, trop de tout, tournées avortées, rendez-vous manqués. Si bien que leur carrière à peine lancée s'était mise à battre de l'aile. Entre eux, rien n'allait plus, ils ne s'entendaient sur rien, ni sur les mélodies, ni sur les paroles, ni sur les vêtements. De même, leurs lignes musicales s'écartaient : Joe devint un adepte de métal dur quand Michael penchait pour un rock aux accents pop. Tout cela avait entraîné de monumentales prises de bec dont les chambres d'hôtel dévastées gardaient de navrantes cicatrices.

Au bout d'un an, lassés de leurs frasques, les organisateurs de festivals avaient cessé de les inviter. Les MW s'étaient produits de moins en moins, leur album si prometteur était tombé dans l'oubli. Quant à leur producteur, il leur avait rappelé cette condition, stipulée en lettres minuscules sur le contrat : *« En contrepartie, les artistes s'engagent à fournir trois albums. À défaut, ils ne pourront plus jamais ni se produire ensemble ni être vus côte à côte. »*

On peut contraindre les artistes à tout et n'importe quoi, pourvu que le carcan soit contractuel.

Bien sûr, les MW n'étaient pas parvenus à fournir les deux albums demandés. Ils avaient écopé de cette injonction attestée par un jugement : rester éloignés l'un de l'autre. Injonction que l'entourage de Michael et de Joe faisait respecter coûte que coûte depuis dix ans – puisque leur gagne-pain en dépendait –, à l'insu souvent des principaux intéressés.

Bien sûr, les tabloïds avaient capitalisé sur cette histoire de frères ennemis en jetant régulièrement de l'huile sur le feu. Quand la presse rappelait leur passé commun, c'était toujours pour montrer comment deux amis pouvaient devenir d'irréconciliables concurrents. Entre les fans de l'un et ceux de l'autre, la guerre était consommée.

Depuis, chacun a naturellement tracé sa route. Joe ne sort que maquillé à outrance, le visage peinturluré de blanc et les yeux cerclés de noir, lentilles de contact à pupilles de félin étrécies horizontales ou à iris blanc. Il porte de longs cheveux noirs, des chaussures cloutées à semelle très compensée, des vêtements sombres. D'après les journalistes, il dort dans un cercueil et tient des cérémonies secrètes satanistes au cours desquelles il n'hésite pas à sacrifier des animaux ; ils racontent qu'il a investi dans un caisson à oxygène censé lui assurer la vie éternelle et qu'il collectionne des objets ayant appartenu à des tueurs en série. Il se dit même qu'il parle aux fantômes, fait tourner les tables et fabrique ses propres planches de Ouija. *Last but not least*, Joe serait impliqué dans un effroyable meurtre.

Si, mieux que quiconque, Michael sait qu'il faut se méfier des rumeurs comme de la peste, il n'ignore pour autant pas qu'il n'y a pas de fumée sans feu. Après tout, à 20 ans, Joe était un sacré castagneur et un garçon torturé. C'est d'ailleurs dans cette rage qu'il puisait son énergie créatrice.

— Vous m'entendez, monsieur Wright ? s'agace la femme aux allures de Morticia. Je vous demande de partir sur-le-champ !

Là-dessus, l'immense portail s'ouvre. À croire que, dans cette propriété, l'expression « sur-le-champ » équivaut à un « Sésame, ouvre-toi ».

Subitement à découvert, Darell décolle son oreille de la gigantesque porte en métal et se redresse dans un sourire forcé.

— Hello la compagnie, z'auriez pas l'heure, des fois ?

— Dites-moi au moins si vous avez vu cette personne ici récemment, prononce tout à coup Michael en brandissant une photo pliée en quatre.

La femme examine le portrait sans le toucher. Après une seconde, elle hoche la tête.

— En effet, oui. Je dirais… hum… il y a quelques mois.

Michael pâlit. Ses craintes étaient donc fondées. Il balbutie, la gorge plus sèche qu'un épi de maïs en plein soleil :

— Et… et vous savez ce qu'elle est venue faire ici ?

— Je l'ignore, je ne connais pas toute la vie de Joe. Dépêchez-vous de vous en aller à présent, je ne voudrais pas être obligée de perdre du temps à porter plainte.

Michael et Darell empruntent le sentier en sens inverse. Michael marche en silence, les yeux rivés au sol et à la paroi rocheuse juste en dessous. Il songe à Maryline et au fait qu'elle aussi a dû fouler ce chemin – une fois, deux fois, qui sait, peut-être plus ? La beauté du paysage ne lui est d'aucune consolation. Que lui importe que l'horizon soit aussi bleu que la mer si Maryline n'est finalement pas la jeune femme qu'il pensait connaître ?

Depuis la disparition de sa petite amie, le monde de Michael est vide. Mais depuis la découverte de la carte d'embarquement, il a, en plus d'être dépeuplé, un goût de boue.

Les chaussures glissent tristement sur la roche humide.

— On rentre à l'hôtel, annonce Michael quand le mur de la propriété n'est plus qu'un détail insignifiant dans le décor.

— C'est la meilleure nouvelle du jour. Et ensuite, retour au bercail ! Je réserve un vol pour demain ?

— Après-demain plutôt…

— Chouette, je vais avoir le temps de faire trempette.

Michael jette un dernier regard à la maison de Joe Mitchell.

Enfin, un dernier, pas vraiment.

Parce qu'il n'a pas fini d'en découdre.

13.

La lune est accrochée au beau milieu du ciel constellé d'étoiles. En dessous, la végétation oscille au gré du mistral.

Éclairé par son Smartphone en mode lampe-torche, Michael suit le sentier qui longe la falaise. Il s'est échappé en douce pendant que son assistant dormait à l'hôtel. Il est donc parti seul, armé de son téléphone et de deux ou trois autres choses. Après tout, l'excursion n'est pas sans risque ; Darell a déjà sa dose d'angoisse à gérer, sans être forcé de courir après une quête qui n'est pas la sienne. Michael est conscient que, ces derniers temps, il n'a pas été un cadeau pour lui. Lui épargner cette balade, c'est le moins qu'il puisse faire. N'empêche, entre la nuit, la falaise et la mer, sans compter le fusil du gardien, Michael n'en mène pas large.

Régulièrement, des cailloux roulent sous ses semelles pour s'écraser plus bas, manquant à chaque fois de l'envoyer valdinguer sur les rochers pointus. De la mer peu amène jaillissent de temps à autre des gerbes d'eau imprévisibles, si bien que le pantalon du chanteur s'alourdit à mesure que ses chevilles s'imbibent d'eau salée. Rien, toutefois, n'entache sa motivation. Il faut qu'il parle à Joe coûte que coûte, qu'il sache ce qu'il y a eu entre Maryline et lui, sous peine sinon de perdre la raison.

Lorsqu'il arrive à la hauteur du grand mur, il s'agrippe à l'une des branches repérées lors de son premier passage. Priant pour qu'elle ne cède pas sous son poids, il escalade d'un geste leste jusqu'à la caméra la plus proche. Cramponné à l'arbre dans un équilibre précaire, il retire de la poche de sa veste de quoi obstruer l'objectif. Puis il extirpe de son pantalon une pince aiguisée qui lui permet de couper méthodiquement un trou dans les barbelés. La première partie de son plan ainsi achevée, il saute par-dessus la muraille.

Qu'il ne se soit rien cassé relève du miracle. Pour ce genre de chose, Michael a toujours eu une chance inouïe. Contrairement à la majorité des gens, l'adrénaline rend ses gestes plus sûrs et sa raison plus affûtée. Il faut dire qu'il est bien entraîné, comme en témoigne son casier judiciaire. Entre 13 et 14 ans, Michael comptabilise des dizaines de voitures volées, la visite du collège en pleine nuit pour épater une adolescente populaire, des canettes et des barres chocolatées piquées au *drugstore* au nez et à la barbe de Dick, l'épicier, des bouteilles de vodka et des bières revendues à prix d'or à ses camarades. Bref, quand il ne grattait pas des accords, enfermé dans sa chambre, il séchait les cours et multipliait les petits larcins. Forcément, ça forge une gestuelle.

Si le petit Michael de Boone n'avait pas été un musicien de talent, il aurait terminé en prison, voilà ce que ses anciens voisins se plaisent à répéter aux micros des journalistes. « Pas le dernier à faire des conneries, mais un bon gamin tout de même. »

Michael reste immobile, histoire d'être sûr qu'aucun molosse n'est sur le point de lui sauter à la gorge, ou qu'aucun fou de la gâchette ne l'attend avec sa mitraillette. Rassuré sur ce point, il avance ensuite vers la maison avec précaution, avant d'être saisi en voyant le vieux cimetière et les croix anciennes disposées de guingois. Autant, à la lumière du jour, le décor faisait carton-pâte, autant, là, dans la nuit, il file la chair de poule. Avec la lune accrochée au-dessus et le banc de nuages qui lévitent devant, on dirait un film d'horreur des années quatre-vingt-dix.

Des pas.

Michael est à l'affût, il tourne la tête en tous sens à la manière d'un suricate effrayé. Il n'y a pourtant rien ni personne.

N'importe quoi, je deviens parano, se morigène-t-il.

Pressé d'en finir avec ce parc ambiance « maison hantée », il se dépêche de traverser le faux cimetière et de gagner la maison, guidé par les faisceaux lumineux des caméras, passant en coup de vent d'un arbre à l'autre, d'une croix à l'autre.

Tout à coup, quelque chose frôle ses jambes. Il tressaille. C'est le chat de l'assistante, il le reconnaît au pendentif tête de mort, dont les yeux clignotent à la manière des bombes sur le point d'exploser dans les films. Michael essaie de chasser cette idée tordue de son crâne. Sans parvenir complètement à faire taire la crainte sourde d'une explosion, il observe en coin le chat au dos arrondi.

Il compte mentalement jusqu'à trois. Pas l'ombre d'une déflagration. À la place, le chat crache et feule. Michael s'attendait à voir débouler deux dobermans. Il en est quitte pour un félin riquiqui, mais à la hargne démesurée. Un chat de garde, ça, ce n'est pas commun. Sans compter qu'un chat énervé a vite fait de vous dépouiller le mollet.

Pas rassuré, il se détourne pour envisager la porte moyenâgeuse et son heurtoir en forme de gargouille grâce à la lumière de son téléphone, avant de se décaler, à la recherche d'une fenêtre que quelqu'un aurait, par chance, oublié de fermer. Malheureusement pour lui, l'équipe de Joe est prévoyante : toutes les ouvertures sont verrouillées.

Sauf une ! Dans la chapelle attenant à la bâtisse, un vitrail cassé, grossièrement rafistolé d'une bâche scotchée à la pierre, offre un passage à Michael.

L'intérieur est du même acabit que la façade. Gargouilles, représentations bibliques peinturlurées et recouvertes de signes sataniques, taches bizarroïdes incluses dans le *package*. Un goutte-à-goutte lancinant, venu de nulle part mais résonnant dans toute la pièce, parachève l'atmosphère lugubre du décor.

Joe a vraiment l'art du détail ; ou alors, il est complètement siphonné, pense Michael en progressant, à pas de loup, dans les entrailles de la chapelle.

Une crypte. Un cercueil entrouvert, posé en plein milieu, dans lequel Michael se garde bien de couler un regard.

Allons bon… si ça se trouve, un clown va surgir en se marrant.

Non.

Ouf.

Il continue sa route. Un bref coup d'œil par la porte entrebâillée qui communique avec la maison lui apprend que tout, dans la demeure, est à l'avenant. Un hall interminable, éclairé par des chandeliers à LED, à la luminosité vacillante. Une vingtaine de portes fermées. Et, au bout du couloir, un escalier en colimaçon peu engageant.

Michael avance. Il faut absolument qu'il voie Joe. Quitte à le réveiller. Quitte à passer la nuit au poste de police à convaincre des agents qui ne parlent pas sa langue qu'il n'est pas un voleur, mais juste un homme à la recherche de la vérité.

Soudain, une porte claque. Ça vient de derrière.

Il pivote, le souffle court.

Puis une autre porte, devant cette fois.

C'est quoi, ce délire ?

Son cœur cogne à tout rompre.

14.

19 septembre 2018 (quatre heures avant l'accident) – Le dernier concert

Les ampoules disposées tout autour du grand miroir conféraient à la loge dévolue au maquillage une lumière jaunâtre. Une odeur entêtante de cosmétique et de gel flottait dans la pièce. Les étagères croulaient sous les crayons, les blushs et les palettes de fard.

La salle était déjà pleine à craquer. Pourtant, l'ambiance était studieuse : chacun jugulait son stress comme il le pouvait, tandis que maquilleurs et coiffeurs s'activaient autour des membres du groupe. Le cliquetis des bracelets et des breloques de l'une des *make-up artists* prenait toute la place.

La plupart attendaient leur tour, quand d'autres, qui avaient besoin de prendre de la distance pour ne pas sombrer dans les affres du trac, s'égaraient sur les réseaux sociaux, le museau cloué à leur Smartphone.

« Regarde le plafond », « Ne bouge plus », « Tends le nez, oui voilà, comme ça », « Mords le mouchoir », « Arrête de cligner des paupières », « On va essayer le pourpre, ça sera parfait avec ta carnation ».

Marc, le producteur décidément sur tous les fronts, n'y était pas allé par quatre chemins lors de son *briefing* avec les équipes du maquillage.

« Ce soir, leur avait-il jeté, c'est télé et Haute Définition. Je veux pas une ride, pas un bouton. Quitte à y aller à la truelle avec du plâtre et de la cire, vous me comblez tous les trous ! »

Résultat, à chaque coup de pinceau et de brosse, les maquilleurs et les coiffeurs jouaient leur place. Dociles, les membres du groupe se laissaient écraser sous des couches d'*highlighter* et de cache-misère.

— Maryline, à toi !

À l'appel de son nom, la jeune femme se coula sur le siège, une expression de lassitude plaquée sur le visage. On lui enfila aussitôt un bandeau autour des cheveux. On lui nettoya le visage à l'aide d'une lotion moussante.

Pshiiiit, chanta le brumisateur. Hop, un aplat de kleenex pour absorber l'excès d'humidité. Une flaque de crème hydratante, une pelletée de contour des yeux à la caféine pour raviver la circulation sanguine. Fond de teint, anticernes, éponges, re fond de teint, re anticernes, sourcils ravigotés, recourbement de cils, mascara, et toute la panoplie.

Maryline demeurait stoïque. Sage, pour une fois. Belle comme un cœur. Ou plutôt, maquillée comme un camion volé.

Puis la coiffure. Rouleau, sèche-cheveux, et vas-y que je te frise pour mieux te lisser. Et la laque, histoire de discipliner – cartonner – ses cheveux courts, si bien qu'après vaporisation, son blond platine paraissait figé par le givre.

Là encore, Maryline ne broncha pas et se laissa transformer, de bonne grâce, en créature sexy. Tout à l'heure, une combinaison très moulante rouge et noire viendrait compléter le tableau. Ça, pour sûr, les conseillers en image avaient fait le job.

Lorsque ce fut terminé, elle détailla son reflet en fronçant ses sourcils ultra dessinés. Elle scruta son profil gauche, puis le droit, une légère moue de défi tartinée sur les joues, sous les paillettes et ses faux cils façon biche.

Adossé à un mur, Michael attendait la tornade. Il connaissait suffisamment Maryline pour savoir qu'elle ne se laisserait pas transformer en poupée sans réagir. Il observa sa petite amie qui, sans mot dire, saisit un coton et l'imbiba de lotion. Il sourit au regard consterné du maquilleur quand elle retira avec délicatesse la totalité du maquillage. Le coiffeur soupira, rassuré d'être passé si près du gouffre, tout en affichant une mine empreinte de compassion envers son collègue malchanceux. Il n'eut toutefois pas le loisir de se réjouir longtemps : Maryline jetait déjà sa tête en avant et ébouriffait ses mèches afin de les placer comme elle l'entendait.

— J'en connais un qui va faire la tronche, pouffa Josh.

— Bof, Marc fait toujours la tronche, t'façon, ajouta Trevor.

Sans faire cas de ce que les autres murmuraient, Maryline acheva sa propre reconquête en tirant un trait de crayon noir sous ses yeux bleus.

Michael ne la lâchait pas du regard, fasciné, ébloui. Il était décidément fou amoureux d'elle. Il aimait son insouciance, sa manière de s'affranchir des règles, sa timidité, sa fragilité mâtinée de force. Oui, fou amoureux d'elle. Et oui, Marc allait en avaler sa cravate.

— On peut discuter une seconde ?

Marc justement.

Comme le point d'interrogation n'était là que pour la forme, Michael ouvrit les mains pour l'inviter à parler.

— En privé, précisa le producteur.

Puis, juste avant de sortir, il s'adressa à Maryline :

— Faudra qu'on cause tout à l'heure.

Michel et Marc traversèrent ensemble les couloirs grouillant de gens pressés, de talkies-walkies, d'oreillettes, de câbles et d'accessoires en tout genre, jusqu'à une petite loge vide plongée dans le noir.

L'homme d'affaires appuya sur l'interrupteur et enjoignit au chanteur d'entrer. Il ferma ensuite l'épaisse porte recouverte de matériaux insonorisants, si bien que le raffut extérieur se mua en une bulle de calme oppressant. Michael se cala contre une desserte, les épaules plaquées sur le miroir. Il nota mentalement qu'un moustique flottait près de son poignet.

— Assieds-toi, commanda Marc en désignant l'unique siège en skaï beige.

Les frasques de son producteur, son besoin de contrôle permanent, Michael en était coutumier. Il ne lui en tenait pas rigueur ; après tout il lui devait sa carrière. L'omniprésence, voire l'omnipotence assumée de Marc, avait sûrement été l'une des clés de sa réussite. Aussi Michael obéit-il de bonne grâce. De son côté, Marc prit place à son tour sur la desserte, encore chaude de la présence de Michael.

L'homme se tenait droit comme un I. Cravate tendue et visage crispé à l'extrême.

— À quoi tu joues ? explosa-t-il soudain.

Michael esquissa une moue perplexe.

— Pardon ?

— Tu crois que j'ai pas vu ton petit manège avec Maryline ?

Cette fois, Michael grimaça carrément.

— Je suis pas certain que ma vie privée te regarde, lui objecta-t-il.

Marc se mit debout et lui tourna le dos. Il avança de quelques pas, faisant mine de réfléchir, main droite dans la poche, index gauche frottant le bord de ses lèvres.

— C'est là que tu te trompes.

— Je vais aller retrouver les autres, si tu permets. On a un concert à assurer dans un peu plus de trois quarts d'heure…

Michael amorça un mouvement. L'autre pivota et, du regard, le cloua sur place.

— Je te conseille de te rasseoir et d'écouter jusqu'au bout ce que j'ai à te dire. Je m'en voudrais que le moindre malentendu subsiste entre nous.

Michael chercha dans les pupilles de Marc une raison à son ton acerbe. Les yeux dans les yeux, ils s'affrontèrent un instant.

— Puisque c'est si important… abdiqua Michael en se rasseyant lourdement. Vas-y, je t'écoute.

Le visage du producteur se recouvrit d'un voile de satisfaction.

— Tu as raison de ne pas faire l'enfant, répliqua-t-il sur un ton sucré. Après tout, c'est dans ton intérêt, n'est-ce pas ?

Marc s'interrompit pour laisser à Michael le temps de prendre la mesure de ses paroles. Comme celui-ci n'ouvrait pas la bouche, il s'appuya de nouveau sur la desserte et épousseta le haut de son mocassin droit près duquel le moustique s'était posé, en reprenant :

— C'est fou quand même. Tout ce monde. La télé. Ces concerts, partout. Ça donne le tournis, hein ? Qui aurait pu deviner que nous arriverions au sommet du monde ?

— Viens-en au fait.

Les lèvres fines de Marc s'entrouvrirent en un sourire paternaliste.

— Ah, vous les artistes, vous réagissez comme des gosses. Toujours dans l'impatience. Enfin bon… Vois-tu, on est tous d'accord pour dire que Maryline est une fille géniale. Un peu sauvage sur les bords, d'accord, mais géniale. Et très talentueuse. Tu as toujours su t'entourer de gens talentueux. C'est un don, tu sais.

Michael rongeait son frein en attendant la conclusion de cette tirade. Celle-ci tomba, abrupte, acide.

— Mais elle n'est pas pour toi.

Comment Marc osait-il s'arroger le droit d'intervenir dans sa vie amoureuse ? La moutarde monta au nez de Michael.

— Écoute, Marc, j'ignore ce que tu as en tête, mais tu n'as pas voix au chapitre en ce qui concerne les personnes que je fréquente. C'est de ma vie privée qu'il est question, là.

Marc baissa la tête et secoua le menton en affectant une peine sincère.

— Ah Michael, Michael, Michael, ce que tu dis là me chagrine à un point… Je t'apprécie beaucoup. Tu sais la confiance que je te porte depuis le début. La confiance, dans une relation comme la nôtre, c'est primordial. Sans confiance, on ne peut rien construire. La mémoire aussi, c'est important. Se souvenir d'où l'on vient. J'imagine que tu ne me contrediras pas…

Le producteur posa les mains bien à plat sur ses cuisses et se pencha vers Michael pour continuer, à voix basse :

— Tu ne veux tout de même pas détruire tout ce que nous avons accompli, si ? Ces gamines, qui sont en train de piailler sur les gradins, pourquoi crois-tu qu'elles sont là ? Elles sont remplies d'espoir, chacune d'elles croit qu'elle pourra avoir la chance de t'approcher et te faire vivre le grand frisson. Quand elles écoutent tes chansons la nuit dans leur chambre, elles sont persuadées que tu ne t'adresses qu'à elles. Ça ne tient qu'à ça, Michael ; le reste, c'est du vent. Crois-en mon expérience. Si elles apprennent que tu as une relation régulière, qui plus est avec une membre du groupe, elles ne te le pardonneront pas et tu te retrouveras dans le cimetière des *has been* en trois secondes et demie. Je ne peux pas croire que ce soit ça, ton plan de carrière.

Déboussolé, Michael bredouilla :

— On n'est pas forcés de le dire… Ça fait déjà huit mois et personne n'a…

— Voyons, Michael, ne sois pas si naïf. Regarde, même moi je l'ai deviné. Tu auras beau te couvrir de précautions, la presse finira par le savoir. Je vois le titre d'ici : *Michael Wright enfin casé. Il file le parfait amour.* Tant de jeunes filles déçues… Et puis, tu sais comme moi que Maryline est imprévisible. Rien ne nous assure qu'à la moindre contrariété, elle ne sautera pas sur l'occasion. S'il y a bien une chose que mes deux divorces m'ont apprise, c'est qu'une femme déçue est capable de tout, surtout du pire.

— Maryline n'est pas…

— Évidemment. Elles ne sont jamais… jusqu'au jour où.

Là-dessus, Marc se pencha davantage. Il pouvait presque toucher le nez de Michael. Ce dernier, trop abasourdi pour réagir, se bornait à suivre les voltiges frénétiques du moustique.

— Je ne veux que ton bien, Michael. Réfléchis. Et surtout, prends de la hauteur, vois plus loin. Tu n'es pas seul dans la barque. Si tu tombes, Josh, Teddy, Emily, Judy et les autres tombent avec toi. Même Maryline ne s'en relèvera pas. Tu crois vraiment qu'elle pourrait retrouver du travail ? Voyons… Je t'en conjure, ne fous pas toutes ces années de boulot en l'air. Ne sois pas ingrat, Michael.

Brusquement, le producteur projeta sa paume contre le mur blanc. Lorsqu'il la retira, une tache brunâtre cernait le moustique déglingué.

— C'est fou ce qu'elles sont fragiles, ces petites bêtes, commenta Marc avant de sortir, abandonnant Michael à ses réflexions, prisonnier de la vision des petites pattes agitées de soubresauts nerveux.

De la reconnaissance à la soumission, il n'y a parfois qu'un pas.

15.

— Atchoum !

Au bord de la crise cardiaque, Michael sursaute de nouveau, avant de plisser les yeux pour mieux analyser la pénombre.

— Atchoum !

Un reniflement. Assorti d'un miaulement rauque. Le chanteur fronce les sourcils.

— Chhhut, chuchote une voix. File, sale bête !

En guise de réponse, quelque chose qui ressemble à un « Rrrr ». Puis, en répercussion, un autre « Rrrr », provenant d'une bouche manifestement plus humaine, suivi d'un petit gémissement au milieu duquel Michael discerne un « ouh la la » familier, d'un « Abracadabra, dégage de là, moi, je mange les chats avec une sauce fraise tagada ».

Le chanteur lâche un soupir de soulagement. Son cœur, doucement, recouvre un rythme normal.

— Darell, c'est toi ? chuchote-t-il.

— Non.

— Darell ?

— Bon, un peu, oui…

— Qu'est-ce que tu fais ici, bon sang ?

— Je suis mon psychopathe de boss à la recherche d'un autre psychopathe. Et toi ?

— Je fuis mon psychopathe d'assistant, et j'en profite pour chercher un type qui possède un chat teigneux. Allez, viens, avance, maintenant que t'es là…

— Tu peux toujours courir, ma choucroute dorée. Tu m'avais vendu une enquête façon comédie romantique, et je me retrouve dans la maison d'un désaxé sataniste avec un tigre aux trousses. Je ne suis pas assez payé pour autant d'émotions…

Darell amorce malgré tout un pas, mais le chat belliqueux stoppe net son élan. Retentit alors un choc mat de plastique, suivi d'une exclamation aiguë, quoique légèrement assourdie.

— Oooh nooon ! J'ai fait tomber mon aérosol ! Allez, Shere Khan, sois gentil, coucouche panier, minet ronron.

Boum. Boum. Boum.

— Oh mon Dieu, gémit l'assistant en regardant le plafond, quelqu'un arrive.

Michael plaque l'index sur ses lèvres pour ordonner à son assistant de se taire. Au-dessus, les talons claquent, dans un sens et dans l'autre.

— Tu crois que c'est la Morticia de tout à l'heure ? tente Darell.

— Chuuut.

« Miaou. »

— C'est pas moi, précise Darell, c'est le chat.

— Je m'en doute.

« Miaou. »

— Darell, tais-toi.

— OK, tu m'as démasqué.

L'échange tourne court. Le bruit des talons semble maintenant provenir des escaliers en colimaçon.

Les deux acolytes se regardent, inquiets. Jusqu'à ce que l'assistant coupe le contact visuel et se mette à psalmodier une prière bizarre, mains jointes, yeux au plafond.

— Mais c'est pas les paroles de la chanson du film *Dirty Dancing*, ça ? murmure Michael, incrédule.

— Et après ? On a bien le droit d'avoir les dieux qu'on veut, non mais. Si tu veux tout savoir, ça fait deux ans que je parle à Patrick Swayze dans mon sommeil. Il a exaucé des trucs que t'as pas id…

— Y a quelqu'un ? tonne une voix en français.

Un faisceau lumineux danse sur le mur. Puis sur les portes. Ça se rapproche. À côté de Michael, Darell se ratatine sous l'effet de la panique.

— Aaat…

Figure contrite de Michael, air mi-effaré, mi-suppliant.

— Aaat… Aaat…

Plus rien. L'envie d'éternuer a pris la poudre d'escampette. Darell sourit de toutes ses dents, fier de lui. Mais son sourire retombe aussi sec : le faisceau et les pas poursuivent leur route. À ce train-là, ils seront démasqués d'ici peu. Mû par son instinct de conservation hors du commun, l'assistant tripote la poignée de la porte contre laquelle ils se tiennent. Comme il est chanceux – ou maladroit –, cette dernière cède.

Dans la pièce où les deux hommes s'enferment discrètement, l'obscurité est totale. Le pauvre chat miaule tristement.

— Ah, c'est toi, Lucifer, j'ai cru qu'il y avait quelqu'un dans la maison… fait la voix tandis que Michael et Darell, de l'autre côté de la porte, retiennent leur respiration.

Enfin, les pas s'éloignent. Darell lâche un couinement de petite souris apeurée.

— Quoi encore ?

— Aaah… des bestioles, des poils, y a des poils…

— Des poils ?

Michael balade la torche de son Smartphone dans la salle.

— Des perruques… constate Michael, désabusé, tandis que Darell jongle avec l'une d'elles pour s'en dépêtrer.

Avec ses postiches tous identiques, cheveux lisses, bruns et longs, disposés sur des bustes sans visage, eux-mêmes étagés en rangs d'oignons dans toute la pièce, la salle fait froid dans le dos. On dirait une collection de scalps.

— Tu penses qu'elles appartiennent à Joe ?

— Sûrement. En tout cas, c'est la coiffure qu'il porte sur toutes les photos.

Des photos, justement, ornent les murs que Michael sonde à présent à la lueur de son téléphone.

Joe Mitchell y apparaît dans ses costumes d'apparat en compagnie de stars, d'hommes politiques, d'entrepreneurs influents. Michael se demande brièvement à quoi peut ressembler aujourd'hui le visage de Joe derrière l'épaisse couche de maquillage. Jamais un sourire sur les portraits, toujours cet air rebelle, revêche, cette figure barbouillée de blanc et de noir, la langue tirée, le pouce et le petit doigt levés.

— Comment tu me trouves ? murmure Darell.

Michael dirige le faisceau vers son assistant. Affublé d'une tignasse brune, celui-ci s'amuse à prendre des poses extravagantes.

— C'est pas une bonne idée.

— Oh la la, détends-toi, on est en visite en Enfer, autant en profiter un peu…

Sur ses mots, l'assistant entreprend de fouiller parmi les costumes de scène, pendus à des cintres. Il jette son dévolu sur un costume en vinyle noir qu'il enfile par-dessus ses vêtements.

— Alors, je suis irrésistible ?

— Bof, on dirait un rôti carbonisé dont on aurait trop serré la ficelle.

— Tu es vexant. Et maintenant ? demande-t-il en jetant une aube de prêtre sur ses épaules.

Las, Michael poursuit son examen des photos sans répondre.

— Ouais bah, au lieu de faire la tête, remercie-moi plutôt de trouver la force de dédramatiser, vu la galère dans laquelle tu nous as mis...

Mais Michael n'écoute plus. Il fixe une photo où Joe Mitchell apparaît entouré de musiciens, aussi peinturlurés que lui. Au milieu, il reconnaît Maryline. Ses grands yeux bleus, ce nez, ces pommettes, même derrière le plâtre de son maquillage.

Elle semble si heureuse. Le cœur du chanteur se serre, quand un crissement de caoutchouc l'extirpe de ses pensées. C'est Darell qui essaie de s'asseoir. Sans y parvenir tant la combinaison le boudine. Il renonce.

— Et sinon, on fait quoi maintenant, mon loukoum des sables ?

— On retrouve Joe.

— Tu tournes en boucle, chéri, c'est mauvais pour ta santé, réplique l'assistant d'un ton docte, contraint de se tenir plus raide qu'un bout de bois.

— Je ne partirai pas d'ici avant de l'avoir vu.

— Et s'il n'était pas là ?

— Comment ça ?

— T'es plus bouché qu'une bouteille de champagne. Coucou, la quinzaine « loin de tout », tout ça, ça te parle ?

Michael s'entête à lui opposer une mine perplexe.

— Trésor, se radoucit l'assistant, il faut que tu acceptes l'idée, terrible je le conçois, que Joe est peut-être vraiment parti en safari ou en croisière…

— Oui, mais il se pourrait aussi qu'il soit dans la maison. On ne peut compter que sur nous-mêmes pour le savoir. Et je ne vois que deux moyens pour nous en assurer.

— Ouille, fais-moi rêver…

— Plan A : on fouille la maison de fond en comble, discrètement, en essayant de pas se faire repérer.

— Cette affreuse baraque ? Tu veux qu'on termine en prison ? Brrr, regarde, j'en ai la chair de cocotte... J'ai hâte de connaître l'option B.

— Pas sûr qu'elle te plaise.

— Essaie toujours. Tu pourrais être étonné, ma fraise des bois...

— Tu te souviens de cette interro d'histoire au collège, qu'on ne voulait pas faire ?

— Bien sûr, mais... Oh ! Ne me dis pas que tu penses à... Oooh... tout ça va mal finir... J'aurais mieux fait d'écouter ma mère et de travailler correctement à l'école. Je serais ingénieur à l'heure qu'il est.

— Tu n'as jamais voulu être ingénieur...

— Et alors, depuis quand on n'a pas le droit de changer d'avis ? riposte le petit homme avant de faire tournoyer ses longs cheveux noirs, parce qu'il le vaut bien.

16.

Darell a plaidé que c'était l'idée la plus foireuse jamais entendue. Il a râlé, supplié, menacé de démissionner, de prendre ses cliques et ses claques pour s'acheter une petite bicoque au Canada, au bord d'un étang calme où des oies sauvages viendraient nicher chaque année, tranquillou bilou. Ce à quoi, Michael a juste répondu :

— Je comprends.

Darell a croisé les bras sur sa poitrine et déclaré, d'un air dédaigneux :

— Si tu penses m'avoir par les sentiments, tu te fourres le doigt dans l'œil jusqu'à l'œsophage. On risque la tôle, Michael ! Ils me mettront avec des rats. J'ai la phobie des rats. Il paraît qu'il y a trois millions de germes par centimètre carré dans une cellule. Trois millions ! J'ai une toute petite santé… Oooh la la, je pourrais en mourir, Michael. Est-ce que tu as la moindre idée de ce qu'ils nous donnent à manger en prison ? Et encore, la prison, c'est dans le cas où on en réchapperait. Tu as vu comme moi le chat sous amphèt' et la face de zombie de l'assistante ? Si ça se trouve, ils sont cannibales. J'ai lu une histoire comme ça, une fois, de gens qui piégeaient d'autres gens pour les dévorer, je déteste ce genre de bouq…

Michael a alors répété, les mains sur les épaules de son ami, les yeux dans les yeux :

— Je comprends, Darell. Vraiment. Mais je dois savoir. Je ne te demande que deux petites minutes. Je vais aller couper le courant et tu pourras t'en aller sans craindre les caméras. Je te retrouve demain à l'hôtel.

L'autre a secoué la tête pleine de cheveux qui n'étaient pas les siens. Et il a capitulé, comme toujours, ému par la détresse manifeste de Michael, non sans envoyer, pour la forme :

— Ce que tu peux m'énerver !

Deux points orange brillent maintenant dans la nuit. Le premier, près de la chapelle et donc de la sortie. Le second, à l'autre bout du couloir, tout près des escaliers. Une odeur de cigarette se répand dans tout le hall. Chacun de leur côté, Darell et Michael aspirent et recrachent la fumée sur des détecteurs à incendie. Après une minute, les deux alarmes se déclenchent simultanément. Conformément au plan, les deux hommes se mettent aussitôt en place, chacun à son poste.

À l'étage du dessus, comme prévu, un branle-bas de combat s'organise. Des pas s'agitent en tous sens, les sols tremblent, des cris d'orfraie fusent et des portes claquent. À l'extérieur, dissimulé derrière une croix, Darell surveille la sortie des occupants. De son côté, Michael profite de la cavalcade pour se faufiler aux étages supérieurs, inspecter chaque pièce et exciter au passage de nouveaux détecteurs de fumée, histoire de gagner du temps, sous le regard torve de Lucifer, le chat cerbère.

À présent, toute la maisonnée piétine dehors. Pendant ce temps, le gardien, équipé d'un extincteur, peste à l'intérieur du bâtiment. Il marmonne que quelqu'un a coupé le courant, qu'on les fait tourner en bourrique, et qu'il y a autant de feu dans cette cahute que de beurre dans la cuisine de sa femme depuis que le médecin lui a trouvé du cholestérol.

Au bout d'une dizaine de minutes, il rejoint les autres habitants frigorifiés, dans le jardin. Il leur assure d'une voix essoufflée que tout va pour le mieux, que le problème ne vient que d'une cigarette mal éteinte. Tant qu'on y est, il en profite pour rappeler à tout ce petit monde, puisque visiblement certains ont la tête dure, qu'il est défendu de fumer dans l'enceinte de la maison. Tous rentrent en bougonnant.

Michael rejoint discrètement son acolyte en suffoquant, mains sur les cuisses :

— Alors ?

— Ils étaient cinq, pas un de plus, déclare l'assistant à voix basse. Trois femmes dont Morticia, et deux hommes, en comptant le type à l'extincteur.

— Et Joe ?

— Pas vu.

— Moi non plus, concède Michael en reprenant son souffle. Il n'était dans aucune pièce.

— Ce qui signifie que j'avais encore raison. C'est usant, à la fin. Retour à la case départ, alors ?

— Pas tout à fait... tousse Michael, sourire énigmatique sur les lèvres.

Puis, avisant l'une des caméras :

— Sortons d'ici avant qu'ils ne remettent le courant. Je t'expliquerai dès qu'on sera en lieu sûr.

Darell opine, le chat miaule, Darell tressaille. Ensemble, ils obliquent en direction de la zone où le mur d'enceinte est le plus praticable, précisément là où Michael a coupé un peu plus tôt les fils barbelés. Une interrogation émerge soudain dans l'esprit du chanteur.

— Mais au fait, comment tu as fait pour passer tout à l'heure ? Je ne te savais pas si bon à la grimpette.

— Ça m'étonne pas, va... Ça fait des années que tu me sous-estimes, pleurniche Darell.

— Ah d'accord, je comprends mieux... s'amuse Michael en voyant le chat s'engouffrer dans un énorme tronc d'arbre.

— Bon bah oui, OK, y a un trou, et alors ? J'ai dû me tortiller comme une fusilli trop cuite pour ramper dedans. Et avec ma claustrophobie, je t'assure que ce n'était pas de la tarte. J'ai failli rester coincé, figure-toi.

À cette pensée, Michael ne peut réprimer un gloussement.

— C'est ça, vas-y, moque-toi... se fâche Darell en croisant les bras sur sa poitrine.

— Tu ne veux pas au moins enlever ta perruque ?

— Tu peux toujours courir. En cas de pépin, personne ne pourra jamais me reconnaître. Alors que toi...

Çà et là, des vers luisants ponctuent le chemin étroit. La mélodie des flots accompagne les stridulations des oiseaux nocturnes et les craquements de la combinaison en vinyle de Darell. Raide comme la justice, celui-ci progresse avec une démarche de queue de billard.

— La lune se reflète sur toi, raille Michael.

— Oh, ça va hein…

— Une pause ?

— Oh que oui.

C'est là, dans un renfoncement de la falaise, que Michael extirpe un objet de sa poche. Un médaillon en métal en forme de tête de mort aux yeux rouges clignotants.

— Qu'est-ce que c'est que cette horreur ? s'offusque Darell. J'imaginais plutôt que tu m'offrirais une bague de fiançailles pour me faire ta demande en mariage… Non, parce que le cadre est pas mal, mais alors le cadeau, il est…

— Regarde bien, le coupe Michael.

Darell saisit le bijou. Le retourne dans tous les sens en faisant la moue.

— Eh ben quoi ? C'est juste un truc super moche… Oh, attends voir ! s'exclame-t-il en passant son index sur la surface lisse, au dos. À moins que… Il y a quelque chose de gravé, non ?

Michael opine du chef en sortant son portable pour éclairer les inscriptions incrustées dans le métal.

« LDT 43.507626, 7.043978 »

— Ça ressemble à des coordonnées géographiques, explique Michael.

— Et LDT… pour Loin De Tout…

— C'est ce que je crois. C'était le médaillon que le chat portait.

— Tu piques des bijoux, toi, maintenant ? Remarque, vu comment le minou était mal aimable, il aurait mérité bien pire… Quand même, c'est pas un peu tiré par les cheveux, ton machin ?

— Peut-être, mais on n'a rien à perdre, ça vaut le coup d'essayer.

Darell aurait bien répondu que bof, on pouvait aussi bien aller se coucher et voir ça demain à tête reposée, ou carrément oublier cette histoire saugrenue et reprendre l'existence là où on l'avait quittée. Mais comme son ami est déjà en train de pianoter la longitude et la latitude sur la barre de recherche Google, il n'a pas le cœur à doucher son enthousiasme.

— Je le savais ! s'exclame Michael quand les résultats s'affichent. Cet endroit existe !

— Et ?

— Et j'ai une bonne et une mauvaise nouvelle…

— Tu m'étonnes, Hermione…

17.

31 décembre 2017 – Souvenirs

La fête battait son plein. Le champagne coulait à flots. Les parois de l'immense baie vitrée vibraient sous les assauts de la musique. Ça dansait, parfois étrangement, rapport aux vapeurs d'alcool. Ça riait fort. Ça sentait le parfum hors de prix. Ça s'embrassait dans les coins. Plus que tout, ça s'enflammait de ne pas savoir qui se cachait vraiment sous les costumes. La seule certitude était qu'on participait à une fiesta de gens riches, puissants, rendus beaux par la grâce de leur succès, convaincus d'appartenir à la crème de la crème. Peu importait, au fond, qui était Cendrillon ou Dark Vador. C'étaient forcément des gens bien, puisqu'ils étaient invités.

L'introduction de YMCA résonna.

— Les Village People ! jappa Darell dans les oreilles du chanteur en faisant gigoter son pagne et son collier de fleurs. Regarde l'effet que ça me fait, je bouge à l'insu de mon plein gré. Quand j'entends ce son, je ne réponds plus de mon cooorps.

Suffoquant sous son costume plein de poils, Michael bâilla en observant les déhanchements peu polynésiens de son assistant. Le temps s'étirait sur son ennui. Il n'avait pas envie de danser. Pas envie de bavarder. Pas envie de boire. Pas envie de se pavaner ou de faire des courbettes. Il était las d'être bousculé et câliné par des inconnus – difficile de se faire tout petit avec son énorme déguisement de Pikachu. Il avait besoin de prendre l'air.

Il joua des coudes à travers la foule et obliqua tant bien que mal vers la terrasse. Il se posta dans un coin qui surplombait le fleuve Hudson. L'eau, à moitié gelée, miroitait sous la lune. Il respira un grand coup.

Au grand dam de Michael, la terrasse était bondée. Un panda trinquait à la belle étoile avec Batman ; Cruella et Blanche-Neige draguaient des Schtroumpfs ; un homme en haut-de-forme, queue de pie et masque vénitien épatait la galerie avec des tours de cartes ; une mannequin déguisée en elle-même prenait des poses lascives en faisant la tronche dans son minuscule débardeur en dépit du froid piquant.

Michael retira son énorme patte et jeta un œil à sa montre. Dans cinq minutes, on commencerait le décompte. Il soupira. Il n'était à cette fête que depuis deux heures. Deux heures qui lui semblaient avoir duré trois décennies.

Alors qu'il s'apprêtait à remettre sa paluche jaune, une femme déguisée en diseuse de bonne aventure attrapa sa main au vol.

— Jolis doigts, fit-elle avec une voix profonde et veloutée.

Elle posa cette main retournée dans la sienne et effleura les lignes de sa paume.

— Musicien ?

Michael opina. Ou plutôt, l'énorme tête de Pikachu tenta d'opiner. Une dizaine de bracelets gigotèrent aux poignets de la gitane, à l'instar de ses énormes créoles qui dépassaient du foulard posé sur son opulente chevelure brune.

— Votre ligne de vie est longue, reprit-elle, tout comme votre ligne de chance. En revanche, votre ligne d'amour est accidentée. Il y a beaucoup de gens autour de vous. Mais vous êtes très seul au fond.

Cette femme n'avait pas tort. Michael était devenu un cliché d'artiste idolâtré, entouré de vide. Combien de véritables amis avait-il, au juste ? Un seul : Darell. Les autres ? Des copains, des connaissances, des contacts de boulot. Quant à sa vie amoureuse…

Tiens, pourquoi songeait-il pile maintenant à Maryline ? Que faisait-elle, à cet instant ? S'ennuyait-elle, elle aussi, à une fête insipide où personne ne se connaît mais où tout le monde s'embrasse ?

— Je vois du feu, continua-t-elle. Le feu de la passion. Le début de quelque chose. La fin aussi.

Michael eut brusquement envie d'y croire.

— Vous êtes vraiment voyante ? demanda-t-il en modifiant sa voix pour la rendre méconnaissable, un soupçon d'espoir ridicule au creux du ventre.

— Vous êtes vraiment Pikachu ?

Là-dessus, elle éclata d'un rire de gorge et se retourna, ses énormes jupons tournoyant dans des émanations de musc, avant de disparaître dans la foule.

Mais le mal était fait. Maintenant, Michael n'arrivait plus à se sortir Maryline de la tête. Sa folie, son intransigeance, ses manières de gamine trop gâtée, sa beauté particulière.

— Douze ! Onze !

Il se redressa, un peu sonné. Il en avait presque oublié le Nouvel An. Les invités, excités, beuglaient le compte à rebours.

— Dix ! Neuf !

Il pourrait lui envoyer un message de bonne année, ça ne mangeait pas de pain.

— Huit ! Sept !

Elle allait trouver ça inepte ou stupide. Forcément.

— Six ! Cinq ! Quatre ! Trois ! Deux ! Un ! Bonne année !

Chacun étreignit ses voisins les plus proches.

Lui se téléporta vers les vestiaires et récupéra son téléphone. Il rédigea un SMS. L'effaça aussitôt. Réfléchit longuement. Tenta de retrouver la trace de Darell dans cette ronde fiévreuse de costumes déjantés, flamboyants ou pathétiques.

Il fit signe à son assistant. Lui fit signe de nouveau. Comme cela ne donnait rien, il se résolut à marcher vers lui et souffla à son oreille : « J'ai un service à te demander. »

Peu motivé, Darell botta d'abord en touche. La moustache tordue, la couronne de fleurs en travers de la perruque, il opposa que c'était le jour de l'An, que c'était férié, qu'il n'était pas obligé de travailler, que non, mais ho, fallait pas exagérer, à bas l'esclavage, à mort l'oppresseur, y avait des lois et c'était pas un Pikachu qui l'empêcherait de bouger son popotin et tiens, en parlant de popotin, Michael n'avait qu'à mouvoir un peu le sien, ça le détendrait des rotules.

Mais l'air tristounet du gros monstre jaune eut bientôt raison des réticences de Darell qui finit par traîner ses tongs à la recherche de l'information.

La minute suivante, Michael le remercia avant de s'éclipser.

Dehors, il dut héler plusieurs taxis plus jaunes que lui jusqu'à ce que l'un d'eux daigne s'arrêter. Empêtré dans son costume, il peina à monter. Il finit par y parvenir, au prix d'improbables torsions de la colonne vertébrale et du cou, sous le regard blasé du chauffeur qui, évidemment, en avait vu d'autres.

Lorsque ce dernier lui demanda où il se rendait, Michael lui tendit le Smartphone.

— Quartier mal famé, grommela le type. Je rentre pas dedans, je vous dépose à l'entrée, ça ira ?

Michael acquiesça, ignorant qu'une dizaine de mètres plus haut, penchée par-dessus la rambarde de la terrasse, la vahiné moustachue et ventripotente chassait son inquiétude à coup de Ventoline.

18.

Des chauves-souris virevoltent dans les cimes des arbres, des barbes de nuages flottent devant la lune blanche.

— Une bonne et une mauvaise nouvelle, répète pensivement Darell en replaçant les pans de son aube de prêtre satanique pour se protéger du froid. Commence par la bonne, ça m'aidera à digérer la mauvaise.

— La bonne, c'est que ce n'est pas très loin d'ici.

— Bon. Et la mauvaise ?

— C'est qu'on va devoir faire du bateau.

— De mieux en mieux ! s'écrie Darell en se tenant ostensiblement le front des deux mains à la manière d'une mauvaise comédienne de tragédie. Et moi qui ai un mal de mer à décorner un cocu. Je vais finir par t'abandonner, ma petite loutre, tu le sais, ça ? Et je raconterai tout dans un livre, ça s'intitulera *Ma vie avec Michael Wright, tout ce qu'il vous cache.* Ce sera un best-seller, à moi les cocktails aux Bahamas servis par des hommes musclés en short moulant jusqu'à la fin de mes jours.

— Ouais… Allez, viens. En attendant que tu écrives ton bouquin, on va essayer de trouver quelqu'un pour nous emmener en croisière, répond Michael en l'aidant à se relever.

— Abus de pouvoir… maugrée le petit homme en marchant au son des « zip » et des « scritch » de sa combinaison.

Alors que la nuit commence à montrer des signes de faiblesse, un port apparaît enfin. Les premiers bateaux quittent le quai dans une neige d'écume. L'ocre délicat des terres de l'Esterel se découpe dans la naissance du jour.

Maryline a-t-elle, elle aussi, contemplé l'aurore sur la Méditerranée ? Et si oui, l'a-t-elle fait dans les bras de Joe ? Dévoré de doutes et de jalousie, Michael ne parvient pas à garder la tête froide. Par voie de contraste, la beauté du paysage augmente sa souffrance.

Dans une autre réalité, la musique l'aurait apaisé. Dans celle-ci, rien ne danse plus ; Michael n'est plus qu'un chanteur déglingué, aussi vide que le regard de Maryline la nuit de l'accident.

Joe Mitchell détient forcément la vérité. Et il est à quelques encablures de là. Si proche. Si loin pourtant. Michael serre le médaillon en forme de tête de mort au fond de sa poche. Entre ses doigts, il sent les aspérités des coordonnées géographiques gravées. Dans l'aube blanche se dessine le bout de l'île Saint-Honorat où Joe se trouve.

Peut-être.

Ils sont une dizaine d'hommes à s'abriter sous la falaise. Rires gras, clopes au bec, tasses de café tenues par des doigts épais dépassant des mitaines. De la buée s'échappe de leurs lèvres asséchées par le sel. Ils ont les paupières bouffies de sommeil, les traits las, la peau burinée. Du petit matelot d'à peine 15 ans au vieux loup de mer, toutes les générations sont représentées.

— Fin de soirée difficile ? charrie l'un d'eux en français, en voyant arriver le chanteur et son assistant en vinyle.

— Ah, des Amerloques ! persifle un autre quand Michael les salue.

— Si tôt et déjà bourrés, ah bravo ! Ça picole sévère, par chez vous ! renchérit un troisième.

Darell prend la parole. Explique. Plaide. Prie. Propose de payer. Mais les pêcheurs refusent.

Michael ôte son bonnet et se frotte la tête. Renoncer maintenant est impossible. Pas si proche du but. Pas si proche de la vérité. Pas si proche de Maryline. Il y a forcément une solution.

Il regarde l'île. Ce n'est pas si loin, la mer est calme, le ciel clément. Il pourrait y arriver. Ça vaut toujours mieux que d'attendre un miracle.

On fait parfois des choses stupides quand on souffre.

19.

Michael s'élance dans l'eau froide. Les membres engourdis, il s'agrippe à un petit zodiac orange qu'il a repéré depuis la berge et, lançant sa jambe droite par-dessus le boudin du pneumatique, se hisse tant bien que mal à l'intérieur de l'embarcation.

Il rampe, se relève, décroche la corde de la bouée d'amarrage et tire sur le moteur comme il l'a vu faire tant de fois dans les films.

Dans les films, ce genre de scène a la classe. Dans la vraie vie, c'est n'importe quoi. Le zodiac cahote, le moteur hésite, refuse, tempête avant de mugir pour de bon. Et le bateau soulève son nez, emportant Michael qui s'accroupit sur les flotteurs pour ne pas être projeté en dehors de l'embarcation.

Il n'entend ni les « Au voleur ! » hystériques des pêcheurs, ni les braiments stupéfaits de son assistant. Son attention entièrement confisquée par l'île, il ne distingue que le tumulte de la poudreuse aquatique et le rugissement du zodiac, ne sentant rien d'autre que les gouttes d'eau sur son visage et les gifles du vent sur sa peau.

Face à lui, donc, s'étale l'île Sainte-Marguerite. Derrière elle, plus petite, la pointe de l'île Saint-Honorat. Au-dessus, un début de soleil.

Rien ni personne ne peut entraver sa résolution à parler à Joe. Entre ses doigts serrés comme autant d'étaux, le médaillon qui, après avoir pris l'eau, ne clignote plus.

Pendant que le zodiac avale les vagues à toute vitesse, la riposte s'organise sur le rivage où Darell, en proie à une panique peu propice à la gestion de crise, s'échine à parlementer dans l'espoir de calmer les esprits.

— Non mais qu'est-ce qui lui a pris ? C'est un dingue, ce mec ! Est-ce qu'il a son permis bateau au moins ?

— Pas vraiment, bafouille l'assistant, mais il est débrouillard.

— C'est toujours pareil avec vous les *English*, vous vous croyez chez vous partout !

— Oui, enfin, nous sommes Américains.

— C'est kifkif bourricot !

— Ah oui, mais non…

— Eh, dis donc le chevelu, tu sais au moins combien ça coûte un bateau pareil ?

— Il vous le remboursera au centuple, votre bateau. Ce type, c'est Michael Wright !

— Ah ah ah, Michael Wright qui me pique mon rafiot, et mon cul, c'est du poulet ?

— Rattrapez-le ! beugle un type à deux jeunes matelots qui viennent de sauter dans un autre bateau.

— Oh la la la la ! gesticule Darell.

— Eh oh, toi !

Darell se désigne d'un doigt timide.

— Oui, toi, le type étrange, confirme le gars, grimpe ! Tu viens avec nous.

Grisé par la vitesse et par une impression de liberté qu'il n'a plus expérimentée depuis des lustres, Michael ne la voit pas arriver. Cette vague-là, plus grosse que les autres. Infranchissable de côté. Mais il n'a pas le temps de se mettre face à elle.

En deux temps trois mouvements, le zodiac se hisse et éjecte le chanteur qui, déséquilibré, chute dans l'eau. Ballotté, alourdi par ses vêtements imbibés, il essaie de remonter sur le petit bateau. En vain.

Alors il boit la tasse. Plusieurs fois. Ses membres se refroidissent. Bientôt, il ne lutte plus. Il songe que mourir pourrait être doux. Et que Maryline, celle qu'il connaissait, l'attend au bout de ce dernier périple. Il entend le chant de l'eau. Et un vrombissement lointain.

Pendant qu'il s'éteint, il revoit, en accéléré, les concerts, les premiers, les derniers ; son enfance à Boone ; les lunettes rondes sur le visage rond de Darell ; les parfums de sa mère que le père conservait dans le placard comme des reliques ; l'ennui à la maison, l'ennui au collège, l'ennui partout ; les accords joués sur son lit avec la guitare défoncée trouvée dans la rue ; sa rencontre avec Joe ; les fans, la gloire, son producteur, la foule des stades scandant son nom, le vide intersidéral ; tous ces bras prêts à l'étreindre, ces bras qui ne sont pas ceux de Maryline.

Puis il se sent partir. Voler.

Mais il ne vole pas. Ce sont des mains qui s'escriment à le tirer hors de l'eau.

— Tirez ! Tirez, bon sang ! commande Darell en replaçant sa perruque.

Penchés par-dessus les flotteurs, les deux matelots s'exécutent. Avec difficulté. L'homme est lourd comme un cheval mort. Attrapant, l'un son pull, l'autre la ceinture de son jean, les jeunes gens pestent, jurent et s'insultent, conspuant mutuellement leur manque de force.

Leurs efforts finissent pourtant par payer : Michael est maintenant hors de danger. Le corps en étoile sur le pont, la poitrine se soulevant et s'abaissant au rythme de sa respiration sifflante, le chanteur contemple le ciel sans bien savoir s'il est mort ou vif.

— Tu vas bien, ma tartine de miel ?

De deux choses l'une : soit il est mort et Darell l'a suivi jusque-là comme une malédiction, soit il n'a pas passé l'arme à gauche.

On le revêt d'une couverture de survie dorée, on le fait asseoir, doucement, au fond du bateau. Cette fois, il en est sûr, la mort attendra un autre jour. Épuisé, bercé par le roulis régulier et le clapot de l'eau contre le pneumatique, Michael plonge dans une torpeur proche de l'apathie. Il ne pense à rien, les voix des hommes sont un bruit de fond.

Brandissant son Smartphone, l'un des matelots a la bouche grande ouverte d'étonnement.

— Je crois que ce gars a raison, s'écrie-t-il. C'est vraiment Michael Wright…

— Bien sûr que j'ai raison, jeunes gens, s'insurge Darell. Pour qui me prenez-vous ?

Les deux hommes ne répondent pas. Il leur suffit d'envisager le costume en vinyle, l'aube de prêtre sataniste et la perruque-serpillière sur le haut du crâne pour offrir une évidente explication à leur scepticisme.

— Non, mais Michael Wright, quoi ! fait l'autre. La vache, c'est…

— Carrément, c'est carrément… carrément ça…

— On peut prendre un selfie ?

Darell s'offusque. Comment ces gamins peuvent-ils songer à prendre une photo en de pareilles circonstances ? Quelle génération bizarre ! Ceci dit, depuis le temps qu'il vadrouille au côté de Michael dans le milieu du show-business, des attitudes étranges, il en a vu un paquet. Il y a les fans qui pleurent en tremblant lorsque Michael apparaît ; ceux qui sont capables d'attendre dehors sous le balcon de la chambre d'hôtel, rien que pour l'apercevoir derrière les voilages ; ceux qui se battent pour une chemise pleine de sueur ; ceux qui se bousculent pour réclamer un autographe qu'ils revendront à prix d'or sur Internet dès le lendemain.

— Non, c'est impossi…

— À une condition, coupe Michael qui, entre-temps, a recouvré un peu ses esprits. Vous nous déposez sur l'île Saint-Honorat.

— Allons bon, se résigne Darell. C'est une véritable obsession, ma parole, il faudra que je te prenne rendez-vous chez un bon psy en rentrant !

Les deux matelots échangent un regard de connivence, avant de décocher des œillades inquiètes vers les pêcheurs du port.

— On va se faire engueuler, dit l'un.

— Ouais, mais ça vaut le coup, contrebalance l'autre.

— Ils nous croiront jamais quand on leur dira qu'on a repêché Michael Wright, ricane le premier en tapant dans la paume de son compagnon.

L'assistant ronchonne, les matelots s'en fichent. Ils prennent place autour de Michael. Le chanteur s'efforce de sourire. Pour faire plaisir. Un sourire las au milieu d'un visage vert-de-gris dégoulinant d'eau de mer.

Clic.

Suivi de *Clic clic clic.* Histoire d'être sûrs d'en avoir au moins une bonne.

20.

19 septembre 2018 (Trois heures avant l'accident) – Le dernier concert

Michael se résolut finalement à sortir de la loge, assommé, perdu, encore sous le coup des paroles terribles de Marc.

« Elle n'est pas pour toi. »

Il aurait aimé balayer les arguments de son producteur, avoir la force de le renvoyer dans les cordes. De quoi Marc se mêlait-il ?

Oui. Mais voilà, Marc avait évoqué sa carrière et la carrière de Maryline. Celle des autres aussi. Pouvait-il tout sacrifier, juste comme ça ? Tout perdre, tout leur faire perdre ? Marc connaissait son job…

Alors, la mort dans l'âme, les yeux humides, les mains tremblantes de renoncement, il prit sa décision. Tout à l'heure, il parlerait à Maryline. Après huit mois de relation, il ne lui avait pas encore dit qu'il l'aimait. Tant mieux, dans un sens.

Il se détestait.

L'heure approchait. Comme il gagnait les dernières coulisses avant la scène pour rejoindre les membres du groupe, Michael remisa son abattement dans la poche de son jean et se composa une mine de gagneur.

Ils l'accueillirent avec une ola. Comme toujours quand l'émotion était trop forte, il se cacha derrière ses pitreries. Il s'efforça de ne pas croiser le regard de Maryline. Ses yeux bleus revolver l'auraient laminé.

En fond sonore, la première partie battait son plein. D'ordinaire, c'était le moment que Michael préférait. Quand lui parvenaient les premières convulsions de la foule, les notes d'une musique qui n'était pas la sienne, précédant l'entrée dans la lumière, dans le monde. Cet instant hors du temps, de l'espace, qui n'appartenait qu'à son équipe et à lui. Où chacun sentait ses entrailles, son âme, vibrer à l'unisson, juste avant l'explosion.

D'ordinaire, oui.

Mais pas là. Il en avait gros sur le cœur.

Michael passa discrètement sa tête du côté de la scène.

— C'est complètement dingue, hein ? fit Darell, derrière lui, tandis qu'un régisseur s'échinait à lui accrocher micro et oreillette.

Dingue, ça l'était. Et plus que ça encore. Tout ce monde. Cette foule dont on ne distinguait pas le bout. Comment ne pas se sentir minuscule ? Non, ne pas laisser le trac tout envahir. Tenir la pression à distance. Reléguer les questions, les chagrins, les résignations pour tout à l'heure.

« Et maintenant, notre dernière chanson ! » lança, sur scène, le *leader* du groupe de pop music débutant qui assurait la première partie. Une acclamation gigantesque accueillit l'annonce.

Côté coulisses, Michael, Josh, Eliott, Teddy, Emily, Judy, Maryline, John, Jim, Harper, Adjoula, Polly, Trevor, Tiphaine, Samy et Alya formèrent une ronde comme ils le faisaient toujours, quelques minutes avant d'entrer en scène. Un rituel pour se donner du courage et pour se dire que quoi qu'il arrive, ils étaient tous dans le même bateau.

Cri de guerre. Petite prière maison, invoquant le dieu de la musique pop et des sardines, en souvenir de cette soirée, un mois auparavant, au cours de laquelle Darell avait arboré une chemise improbable à l'effigie de ces petits poissons. Ils se tinrent la main, chaloupèrent doucement jusqu'à la dernière note de la chanson.

L'effervescence. Partout.

Michael croisa les yeux bleus qui lui sourirent. Plus que tout, il eut envie de s'y noyer. Fallait-il être fou pour renoncer à leur douceur, à leur promesse…

Le premier groupe s'engouffra, en sueur, dans les coulisses, scindant en deux l'équipe de Michael et mettant, du même coup, un terme à l'échange visuel entre les deux amants.

— C'est à vous, mes trésors ! tremblota Darell, pétri d'excitation jusqu'aux orteils.

Un à un, les musiciens se précipitèrent sur la scène. À chaque nouvel arrivant, la foule grondait un peu plus. Les danseurs observèrent Maryline, vaguement surpris de la trouver encore là.

Mais Maryline leur fit signe de passer devant. Quand ils furent tous montés, elle susurra :

— J'ai quelque chose à te dire.

Michael déglutit. Il avait mal partout. Pas maintenant.

— Plus tard, c'est à nous.

Maryline hocha la tête et disparut à son tour de l'autre côté. Aussitôt, les premières percussions de l'introduction musicale envahirent l'atmosphère. Le public, avide, réclamait son dû en poussant des cris.

Puis ce fut un silence de cathédrale.

Mains moites. Creux dans le ventre.

Les voix des choristes, a capella.

Les violons.

La basse.

La guitare.

La batterie, tonitruante.

Voilà, c'était le moment où tout commençait, le moment magique où Michael, le gamin intrépide et mal dans ses baskets de Boone, se muait en Michael Wright. Il jaillit sur la scène et commença à chanter, sous une déferlante d'applaudissements. Il était né pour ça. Merveilleusement à sa place. Invincible.

21.

Le zodiac et les deux matelots s'éloignent après les avoir débarqués.

Saint-Honorat.

Le soleil émerge à peine des flots. Des mouettes tournoient au-dessus des pins en piaillant. Au milieu de l'île, le clocher de l'abbaye de Lérins s'élance vers le ciel.

Mouillé des pieds à la tête, Michael avance en claquant des dents de froid. Darell, qui s'est défait de sa cape de maître de cérémonie sataniste pour lui en recouvrir les épaules, marche à ses côtés, sur le rivage.

Les deux hommes s'enfoncent dans les terres et longent le monastère fortifié, saluant d'un signe de tête silencieux les moines qu'ils croisent. Ils empruntent des sentiers au hasard, bifurquent au fil de l'envie et de l'intuition. Traversent l'île en long, en large et en travers, quittant la côte pour mieux la retrouver cinq minutes plus tard, puisque tous les chemins de cette île mènent à la mer. La balade est si belle que le volubile Darell ne trouve pour une fois pas matière à se plaindre, si ce n'est de ses chaussures qui commencent à lui flanquer de sacrées ampoules.

Ils s'engagent maintenant sur un chemin étroit, Michael retenant les branches après son passage pour que Darell ne les prenne pas dans la figure. Ils tombent alors sur une vieille chapelle, perdue dans les broussailles, aux murs dévorés de végétation, et dont le toit s'affaisse un peu. La porte a disparu. Sans savoir pourquoi, ils décident de s'y arrêter et d'explorer l'intérieur, comme les gamins de Boone qu'ils n'ont peut-être jamais cessé d'être complètement.

Au sol, pierres et mousse se partagent l'espace. Des ouvertures, pas plus grandes que des meurtrières, donnent sur la mer. Là où ils s'attendaient à trouver un abri obscur, ils découvrent des vitraux fendus, rendus vivants grâce à l'incursion du soleil.

— Quelqu'un a fait un feu récemment, note Michael en se penchant sur des cendres, avant d'aviser des ustensiles en métal.

— Quelqu'un ? Dans ce genre-là, tu veux dire ?

Darell désigne un soupirail. Au-delà, un ponton en bois vermoulu. Et, au bout de ce ponton, à contre-jour dans le soleil levant, la forme d'un homme assis en tailleur sur une petite barque, en position du lotus. À ses côtés, une autre silhouette, minuscule, indéfinissable, mais tout aussi hiératique. Autour, une cohorte de mouettes flottant sur les flots atones.

Michael se statufie. Puis il se rue à l'extérieur de la chapelle.

22.

Michael a quand même eu un temps d'hésitation. Cet homme, vêtu de lin blanc, pieds nus, cheveux coupés court, en train de méditer sur une barque, chaloupant tranquillement en suivant le mouvement régulier des vagues, n'a rien à voir avec son ancien camarade, star de métal hurlant.

Où sont les clous, le cuir, les piercings ? Quid des cheveux bruns filasses, des lentilles effet yeux blancs injectés de sang, du cercueil, du maquillage ?

Et pourtant, le tomber caractéristique des épaules ne trompe pas, il n'y a pas d'erreur possible, cet homme-là, désarmant dans sa simplicité, est bien Joe Mitchell. À l'appel de son nom, l'individu pivote avec lenteur. Il pose la main en visière sur son front, pour mieux distinguer l'intrus nimbé de soleil. Comme il ne réagit pas, Michael répète, plus fort, pour se faire entendre en dépit de la distance :

— Joe !

— Je ne veux voir personne, partez d'ici ! s'écrie ce dernier en plissant les yeux.

La petite silhouette près de lui se met en branle. Un mini chien, un yorkshire, qui aboie, comme pour confirmer le refus de son maître.

— Joe, c'est moi, Michael…

— …

Comme l'autre ne bronche pas, il précise :

— Michael Wright.

— Et qu'est-ce que Michael Wright viendrait fiche ici ? demande Joe, méfiant.

— Parler de Maryline.

— …

Le silence frappe Michael. Un silence, n'est-ce pas déjà un aveu ?

— S'il te plaît, Joe. Je sais que toi et moi, on n'a pas toujours été les meilleurs amis du monde, mais il faut qu'on discute.

Les cloches de l'abbaye carillonnent soudain. Les mots se suspendent entre les deux hommes, ballottés au gré des tintements.

Avisant l'assistant et son drôle d'accoutrement qui viennent d'apparaître sur le ponton, Joe demande, d'une voix forte :

— Et ça, c'est quoi ?

— « Ça » te salue, Joe.

— Darell, c'est bien toi ?

— En chair et en os. Tu es sorti de ton cercueil ?

— C'est une longue histoire. C'est quoi, ces fringues ? Mais… elles sont à moi !?

— Voilà, répond innocemment le petit homme, c'est comme pour toi, c'est une longue histoire…

Le ponton. La barque. La mer entre les deux, quelques mètres aussi infranchissables que les dix dernières années.

Joe attrape pourtant les deux rames. À son passage, les mouettes s'écartent. Le chien, quant à lui, bombe le poitrail, avant de sauter dans l'eau et de nager, petites pattes frénétiques, à côté de la barque. Parvenu sur le rivage, le toutou s'ébroue et se roule dans le sable. À la fin du processus, l'animal, répondant au nom de Devil, n'est plus qu'une pelote de poils ébouriffés à l'éternuement frénétique. Comme Darell en somme. Et puisque ce qui se ressemble s'assemble, voilà le petit chien qui se met à se frotter puis à s'activer sur le mollet de l'assistant découragé.

— Michael, mon ami, murmure Joe en ouvrant les bras.

Sidéré, Michael se laisse étreindre mollement. La dernière fois que Joe et lui se sont vus, ils se sont battus. Joe s'avance ensuite vers Darell.

— Mon vieux, quelle surprise ! fait-il en lui tapotant le dos.

Puis, à voix basse, tandis que ses lèvres frôlent le lobe de son oreille :

— Y a pas à dire, la perruque, ça te va mieux qu'à moi.

Jetant un œil à la cheville de l'assistant sur laquelle s'échine le yorkshire, il ajoute :

— Dis donc, Devil a l'air de te trouver très à son goût !

— Gna gna gna…

Joe désigne les alentours, la mer, les rochers, le chemin de terre et de cailloux, la chapelle affaissée et dévorée de lichen.

— Bienvenue dans mon antre. Je vous prépare un thé ? Je suis navré, je n'ai pas de café, je n'attendais pas de visiteurs, c'est plutôt calme par ici.

Michael et Darell échangent un regard dubitatif. Si, de loin, Joe n'a rien du métalleux ultra connu trimballant sa réputation sulfureuse, c'est encore plus flagrant de près. Cheveux rares, yeux doux. Il a tant maigri que son grand corps dégingandé flotte dans ses vêtements immaculés. Même sa voix s'est adoucie. Le débit de paroles est plus lent, les mots sont posés. Auparavant, Joe avait les nerfs en pelote en permanence. Aujourd'hui, on dirait un de ces maîtres yogi du développement personnel. Le contraste est saisissant.

Comme s'il avait compris les détours pris par les pensées de ses hôtes, il explique en craquant une allumette que l'eau a coulé sous les ponts et qu'il voit la vie d'une manière différente, qu'il s'est perdu derrière ses perruques et son maquillage, qu'il ne se retrouve plus dans la star grimée, mais qu'il faut bien jouer le jeu.

— Je ne vais pas vous apprendre comment ça se passe, on a des contrats, on est pieds et poings liés, je dois être ce que les gens attendent de moi, sinon, pof, je disparais.

Alors, oui, il y met toute la panoplie, histoire de continuer à alimenter la légende.

— La bizarrerie, ça fait vendre des disques, d'après mon producteur. Maison façon manoir hanté, collaborateurs choisis sur casting, fausses photos volées dans des asiles désaffectés, enfin bref, la totale.

Mais la maturité pousse au bilan. Après dix ans passés à répandre l'effroi et à faire frémir un public en mal de sensations fortes, Joe fatigue de tout ce cirque. Aussi, lorsque la pression est trop forte, il s'échappe. Comme là. Quinze jours en autarcie où il se recentre et reprend des forces.

Pendant qu'il parle, le chien indifférent continue sa petite affaire sur l'assistant.

— Désolée, fait Joe en versant de l'eau bouillie dans une tasse, je n'en ai qu'une seule. Ça ne vous embête pas si on partage ?

— Genre joint de fin de soirée… grimace Darell qui craint les germes.

Joe hoche la tête et plante ses yeux dans ceux de Michael.

— J'aurais plutôt vu ça comme un calumet de la paix.

Mal à l'aise, Michael se dérobe. Il se met à fixer la cime d'un arbre juste en face, songeant que oui, Maryline aurait pu tomber amoureuse d'un type comme Joe Mitchell. Pas de l'épouvantail en cuir noir, mais de cet homme dont le maintien tout en bienveillance inspire une sérénité inédite.

Il voudrait détester Joe. Il n'y arrive pas. Mieux que quiconque, il comprend les affres que traverse son ancien complice. Il se rejoue l'altercation avec son producteur. La pression. Le prix à payer. Et cette connivence le lui rend subitement sympathique. Malheureusement.

— Mais j'imagine que vous n'avez pas fait tout ce chemin pour parler de moi, dit Joe.

Michael boit une gorgée brûlante pour occuper ses mains. Devant lui, de petites flammes crépitent. Ça sent le bois brûlé, les vacances, le bonheur. Ça pique les yeux.

Joe pose sa main sur l'épaule de Michael.

— J'ai entendu pour l'accident, je sais que Maryline ne s'en est pas sortie, je l'aimais beaucoup. C'était une musicienne hors pair et une fille géniale. Elle ne méritait pas de partir aussi jeune.

La cuisse de Michael tressaute. Il plante ses prunelles dans celles de l'homme en blanc.

— Qu'est-ce qu'il y avait entre vous, Joe ?

Joe fronce les sourcils et, après une seconde de réflexion, lance :

— Qu'est-ce qu'elle représentait pour toi, au juste ?

Darell baisse la tête vers le toutou obsédé, tandis que Michael se brûle une nouvelle fois la langue avec le thé vert.

— Tout, Joe. Maryline était tout pour moi.

Michael se pince les lèvres. Des tremblements agitent ses doigts. Une larme roule sur sa joue et atterrit près de ses baskets, sur la terre sablonneuse, en plein milieu du passage d'une colonie de fourmis. Il bascule la tête en arrière, dans une tentative pour retenir le reste des pleurs.

— Je suis désolé, lâche Joe en trempant à son tour les lèvres dans la tasse, j'ignorais que vous étiez si proches.

Il avale une gorgée et poursuit :

— J'ai travaillé avec Maryline pendant quelques mois. Elle est partie du jour au lendemain. Elle avait besoin de prendre l'air. Son départ a été tendu. J'ai eu du mal à comprendre sa décision. Mais je l'ai beaucoup regrettée, c'était une bassiste talentueuse, elle donnait du corps à ma musique.

— Je t'en prie, Joe, épargne-moi l'historique. Réponds juste à ma question.

Joe avise le yorkshire et le pauvre Darell qui bouge sa jambe frénétiquement pour tenter de le faire lâcher prise.

— Tu es bien placé pour savoir que les journaux racontent n'importe quoi, reprend-il. Maryline et moi, nous avons eu des relations professionnelles le temps qu'a duré notre collaboration.

— Elle est venue le 19 août à Cannes. Et tu vas me dire que vous ne vous êtes pas vus du tout ?

— Ce n'est pas ce que j'ai dit. J'allais ajouter que nous n'avons plus eu aucun contact jusqu'à ce qu'elle m'appelle, en août.

Le poids qui comprimait la poitrine de Michael s'envole, immédiatement remplacé par un autre : si Joe et Maryline n'entretenaient pas de relation, il reste que la jeune femme a dissimulé les raisons de son voyage.

Il faut croire que les pensées de Darell ont suivi un cheminement identique puisqu'il prononce :

— Qu'est-ce qu'elle voulait ?

Joe s'attarde sur l'assistant avant de reporter son regard sur Michael. Il s'étonne :

— Elle ne t'en a pas parlé ?

Les yeux tristes du chanteur tiennent lieu de réponse. Joe soupire, mal à l'aise, et secoue les brindilles du foyer à l'aide d'un tisonnier pour faire diversion. Son chien, à présent calmé, s'installe devant le feu.

— Son avion venait d'atterrir et elle était seule à l'aéroport, avoue Joe. Elle m'a dit qu'elle avait quelques heures à tuer, qu'elle ne voulait pas rester seule. Elle avait vraiment l'air bouleversée. Alors nous nous sommes retrouvés dans un petit café discret que je connais.

— Rue Panisse ?

— Non, près de la gare. Nous avons parlé de musique, de tes chansons. Mais elle n'était pas vraiment avec moi, elle avait la tête ailleurs, ses genoux s'agitaient sous la table, comme les tiens en ce moment.

Michael appuie sur ses cuisses pour que cessent les soubresauts.

— Et ensuite ?

— Et ensuite elle est partie, elle m'a dit qu'elle avait rendez-vous avec un homme. Je ne lui ai pas posé de questions. Je lui ai juste dit qu'elle pouvait m'appeler à tout moment, parce que je la sentais vraiment nerveuse et que je n'étais pas très à l'aise à l'idée de l'abandonner dans cet état. Elle a promis et elle est sortie du café. C'est la dernière fois que nous nous sommes parlé.

23.

1er janvier 2018 – Souvenirs

— Je m'arrête là, grogna le chauffeur. L'immeuble que vous cherchez est à cinq minutes à pied, à l'angle à gauche. Pouvez pas vous tromper, y a une épicerie en bas.

Michael s'extirpa de la voiture avec encore plus de difficultés que pour s'y introduire. Le chauffeur, toujours aussi pusillanime, lorgna sans moufter ce gros monstre jaune tortiller des hanches pour se frayer un passage dans l'encadrement de la portière, avant d'appuyer sur l'accélérateur pour signifier que plus vite ça se terminerait, mieux ce serait.

Mais, pris d'une sorte de scrupule malgré tout, il demanda :

— Vous êtes sûrs que c'est là que vous voulez aller ?

Oui, non, Michael n'était sûr de rien, et surtout pas de ce qui l'avait poussé à venir dans cet endroit. Qu'espérait-il ? Qu'allait-elle penser ? Parfois, on fait des choses insensées.

Le chauffeur de taxi n'avait pas menti. C'était un quartier flanqué d'impasses obscures et d'ornières de bitume. De nombreux détritus jonchaient le sol. Çà et là agonisaient des épaves de voitures et de scooters calcinés. Rues désertes. Réverbères cassés. Au loin, une alarme mourait. À dix mètres de là, des groupes de sans-abri se réchauffaient autour de barils transformés en brasero.

Michael pressa le pas. Quelques minutes plus tard, il se tenait face à l'immeuble de Maryline. C'était un vieux bâtiment flétri, à la peinture défraîchie et bardée de tags. Au rez-de-chaussée moisissait une épicerie aussi décatie que l'ensemble. Le patron fumait sur le perron de sa boutique et zieutait l'importun jaune en découvrant ostensiblement le pistolet qu'il portait à la ceinture.

S'efforçant de ne pas en faire cas, Michael regarda les fenêtres des cinq étages dont certaines étaient fissurées. L'une d'elles seulement était allumée. Il s'imagina que Maryline était là, juste derrière.

Il se morigéna : finalement, c'était une mauvaise idée, il n'avait rien à faire ici, elle n'était sûrement pas là, c'était le réveillon, elle devait faire la fête avec quelqu'un, quelque part.

Empêtré dans son costume, il rebroussa chemin en se dandinant tristement. Quand, soudain :

— Michael ?

Cette voix. Cette intonation.

Il se retourna. Elle était là. Il la gratifia d'un signe de sa grosse pogne poilue qui commençait à givrer. Elle gloussa. Avant de revêtir une mine suspicieuse.

— Tu m'espionnes ?

Signe de sa grosse tête que non.

— Et Vaiana, tu l'as perdu en route ?

Signe de sa grosse tête que oui, non, peut-être, enfin, on s'en fiche.

Là-dessus, elle lui tourna le dos et commença à s'éloigner. Il resta immobile et songea qu'il avait été trop loin, qu'elle devait le prendre pour un cinglé, à traîner ainsi autour de chez elle.

— Bah alors, le héla-t-elle quand elle fut à dix mètres de lui, tu viens ou il te faut un treuil ?

Il courut presque pour la rejoindre. Presque. Parce qu'entre les quinze kilos que pesait son accoutrement et le manque de dextérité de ses énormes pattes, il n'était pas très véloce.

Elle le conduisit de l'autre côté de la rue, en direction des flammes des braseros. Juste avant de monter sur le trottoir, elle lui souffla :

— Ici, tu ne risques rien, c'est comme à la maison.

Michael comprit le message. Étonnamment en confiance pour la première fois depuis des lustres, celui qui ne pouvait plus faire ses courses ou apparaître en public sans déclencher une émeute retira son masque.

Maryline salua un à un les sans-abri qui se trouvaient là. Elle connaissait chacun d'eux par son prénom et faisait les présentations avec un plaisir visible. Cette vieille femme, là, couverture sur les épaules et vieux pantalon côtelé s'appelait Madge. L'homme, à côté, avec ses *moonboots* et son bras en moins, c'était Jim. Plus loin, le couple de quinquagénaires qui, bras dessus bras dessous, se racontaient des blagues, c'était Beth et Barry.

Au total, ils étaient une vingtaine. Tous les âges, toutes les provenances, autant d'histoires. Le visage parcheminé, les mains gercées. Rayonnants, à la lueur du feu et de la lune, en dépit des vies difficiles qu'ils menaient. Sans doute avaient-ils reconnu Michael. Pourtant aucun d'eux ne lui posa la moindre question. Ici, on accueillait tout le monde sans exception.

La jeune femme interrompit le fil de ses pensées.

— Tu m'aides ?

Sans attendre sa réponse, Maryline flanqua dans les pattes du chanteur une tasse de vin chaud. Ça sentait la cannelle et le clou de girofle.

— Euh, oui, bien sûr, dit-il, légèrement surpris tandis que la figure de la jeune fille s'éclairait.

Michael assura le service pendant qu'elle renversait le contenu de gros thermos dans des gobelets en carton. Les sourires flottaient entre les flammèches des brasiers et les volutes de fumée.

Lorsque ce fut terminé, plusieurs des sans-abri désignèrent une cible abîmée, accrochée à un réverbère.

— Fléchettes ? suggéra un type métis à la barbe grise.

— Évidemment, lança Maryline en s'emparant des moignons de flèches qu'il lui tendait.

Les équipes se formèrent. S'engagea alors une partie endiablée. Maryline était imbattable. Précise. Décidément, cette fille était surprenante.

À Michael qui s'étonnait de ce qu'elle parvenait, à chaque coup, à viser juste, elle répliqua, en haussant les épaules :

— J'ai été à bonne école, j'ai passé mon enfance à jouer avec mon père.

Quelque part sur la terre, au milieu de cette grande ville de New York que le ciel tapissait de neige, on lança, on s'exclama parce qu'on avait gagné, on s'accusa gentiment de tricherie, on modifia les équipes, on leva les bras en signe de victoire et on passa un sacré bon réveillon.

Pour la première fois depuis longtemps, Michael goûtait au bonheur d'une joie sans fioriture, la peur du ridicule et l'obligation d'être conforme à l'image qu'une star doit véhiculer reléguées à des milliards de kilomètres. Il était lui-même, simplement lui-même, sans calcul, sans anticipation, et ça faisait un bien fou.

Il était fatigué, congelé, mais ravi.

Ravi au milieu de ces gens.

Ravi, près de Maryline.

Il aurait fallu que la nuit ne se termine jamais. Mais le jour revient toujours et, déjà, le ciel revêtait un joli bleu profond.

Fourbus, Michael et Maryline s'éclipsèrent dans la ville aux habits d'hiver. Bruits de neige sous les semelles. Ronds de fumée entre les lèvres. Le monstre jaune tenait sa tête dans les bras, la jeune femme à ses côtés. Ils se racontèrent des blagues en déambulant dans les rues désertes que seuls les feux de signalisation animaient, en marchant sur les voies du métro comme des gamins mal élevés, en glissant sur des plaques de verglas.

L'aube.

Il lui dit qu'elle était belle. Elle rougit en lui répondant qu'il n'était pas mal non plus, que cette couleur d'œuf mimosa rehaussait son teint, puis, juste après, elle lui jeta des boules de neige qui s'écrasèrent dans sa fourrure en une multitude de petits cristaux translucides.

Il tenta de lui rendre la pareille, mais, maladroit, il chuta, provoquant l'hilarité de la jeune femme. Un rire franc, dans lequel il se voyait bien passer sa vie.

Alors, il l'embrassa. Une claque lui rendit son baiser.

— Pardon, balbutia-t-il, la joue endolorie, étonné, vexé, j'ai cru…

— Je ne suis pas ce genre de filles.

— Je ne veux plus de ce genre de filles, plaida-t-il.

— Tu te trompes sur mon compte, tu ne sais rien de moi, prononça-t-elle doucement, en secouant la tête d'un air triste.

— Ça pourrait changer, si seulement tu me racontais. Qui es-tu, Maryline Campbell ?

Face à eux, le soleil, aussi blanc que les trottoirs. Elle frotta ses mains l'une contre l'autre et joua ensuite avec les poils de la tête de Pikachu. Puis elle leva les yeux et fixa Michael :

— Non, je regrette, c'est impossible. Il faut me promettre que tu accepteras de ne pas tout savoir. Je n'ai que mon présent à t'offrir. Est-ce que ça te suffira ?

Il cilla un peu, surpris.

— Oui, tant que tu me fais une petite place ici et maintenant et, peut-être, un peu après aussi.

Le rire de Maryline. Massif. Capable de contenir la terre entière.

— Je vous soupçonne d'être un sacré beau parleur, Michael Wright.

Les yeux dans les yeux.

— Ça m'arrive, admit-il. Mais cette fois, je suis sincère.

Arriva alors un nouveau baiser, chaud et velouté, qu'aucune gifle, si ce n'est celle du vent, ne vint interrompre.

24.

Après avoir déposé Michael et Darell sur les berges du port, Joe et son petit chien repartent sur la barque. Tous deux voguent maintenant vers le point où l'horizon rencontre le ciel, vers l'île en forme de parenthèse.

Les deux chanteurs se sont quittés en se promettant d'essayer de se revoir malgré l'arrêté de justice qui le leur interdit. Michael sait pourtant que ça n'arrivera pas : la vie reprendra son cours de part et d'autre, Joe retrouvera bientôt son donjon hanté aux allures de prison dorée et son chat belliqueux. Il se pourrait qu'un jour Joe trouve la force de se montrer tel qu'il est. Mais, en attendant, il composera avec l'image dans laquelle il s'est lui-même enfermé.

Pendant que Michael erre dans ses réflexions, Darell, assis sur un muret, remet ses chaussures en maugréant contre le sable qui s'infiltre partout. À côté gisent le cadavre raplapla du costume en vinyle et la perruque emmêlée.

— Je te l'avais bien dit que Maryline et Joe, c'était n'importe quoi, prononce-t-il lorsqu'il a terminé de s'agacer contre ses lacets trop humides pour être renoués correctement. Alors, mon chou, rassuré ?

Non, Michael est loin d'être rassuré. Comment pourrait-il l'être alors que Joe lui a appris que Maryline avait un rendez-vous et qu'elle était bouleversée ? Comment pourrait-il se sentir apaisé par ce mystère qui s'épaissit autour de la jeune femme ?

— J'imagine que tu ne comptes pas en rester là, mon loukoum, soupire l'assistant en se levant.

— En effet.

Michael met son sac sur le dos et amorce un mouvement.

— Tu viens ?

— On va où ?

Le chanteur soulève la carte d'embarquement déchiquetée à cause de l'humidité.

— Là.

— Là… Évidemment, quelle question, ironise Darell.

Michael reprend la route, talonné par l'assistant qui, résigné, presse le pas, dans une salve d'éternuements.

— Et si on s'arrêtait manger quelque part ?

— On mangera là-bas…

— Tortionnaire, esclavagiste, affameur !

— Tu peux rentrer à l'hôtel si tu préfères.

— Je me tâte, figure-toi. De toute façon, sache que je ne m'interdis pas de porter une réclamation auprès de Saint Patrick Swayze dès qu'on aura le fin mot de toute cette histoire.

Michael sourit.

25.

Le soleil est au zénith lorsque le taxi dépose les deux hommes devant la façade décrépite du 19 rue Panisse, conforme en tout point à celle de la photo de *Google Maps*.

Le bâtiment possède trois niveaux. Les murs où pourrissent de vieilles affiches sont écaillés, les fenêtres murées. Un cadenas, au bout d'une chaîne, maintient les deux battants de la porte fermés. Pas très engageant de prime abord. Pourtant, à en juger par les ornements en pierre qui subsistent au-dessus des ouvertures, l'immeuble devait être beau.

C'est ici que Maryline avait rendez-vous… songe Michael avec une tristesse teintée d'amertume. *Dire qu'un autre homme l'a sans doute tenue dans ses bras, juste là.*

La rue Panisse est une rue ancienne, tout en côte et pavés clairs, typique du sud de la France. Des badauds s'y promènent. Des échoppes avancent sur les trottoirs des présentoirs de cartes postales et des étals de fruits, de poulets rôtis, de chapeaux en paille, de vêtements blancs pendus à des cintres. Des terrasses rognent sur la chaussée. Les commerçants s'apostrophent d'un trottoir à l'autre.

Michael remarque les regards braqués sur eux. Difficile d'en vouloir aux curieux : entre le grand homme en bonnet et lunettes de soleil, et le petit rondouillard à chemise aux motifs ananas, il y a, c'est vrai, de quoi s'étonner.

— J'ai comme l'impression qu'il ne va pas falloir traîner longtemps par ici si on veut éviter que quelqu'un te reconnaisse, murmure Darell.

Michael s'approche de la porte et secoue un peu le cadenas.

— Tu ne comptes tout de même pas pénétrer par effraction ? s'inquiète l'assistant.

— Pourquoi pas ?

— Pourquoi pas ?!s'écrie Darell, abasourdi. Eh ben, raison numéro 1, (il lève son pouce), c'est une infraction. Raison numéro 2 (il lève son index), ça m'a tout l'air d'un coupe-gorge. Raison numéro 3 (son majeur), niveau discrétion, c'est pas la panacée. Bref, en un mot comme en cent, c'est une foutue mauvaise idée. La pire que tu aies jamais eue, après cette affreuse chanson complètement ratée, *Twist on me*, que tu as régurgitée dans cette émission débile.

— C'était une improvisation.

— C'était quand même très mauvais.

— Ils ont aimé, je crois.

— Ils se sont montrés polis, Michael. Il vaut mieux que j'arrête d'y penser, ce refrain me donne des maux d'estomac terribles. Allez, partons d'ici avant de créer un attroupement. Sans compter que tu m'as promis un resto.

Michael ne bouge pas d'un iota.

— Quoi encore ? s'impatiente Darell.

— Je ne peux pas partir, il faut que j'aille à l'intérieur, j'ai besoin de savoir, tu comprends ?

— *Mamahuhu.*

— Hein ?

— C'est du mandarin, ça veut dire bof bof.

— Tu parles chinois maintenant ? s'étonne Michael.

— Je suis comme un pain-surprise. Avec moi, on ne sait jamais sur quel sandwich on va tomber.

Tout à coup, le front de Darell se plisse, accentuant l'empreinte de sa ride du lion. Il semble réfléchir. Après une seconde, il retire ses lunettes, essuie la buée des verres sur les pans de sa chemise fruitière, et s'exclame, fier comme un paon, qu'il a une idée.

— Tu m'étonnes beaucoup, déclare Michael sitôt que Darell a terminé d'exposer son plan.

— Si on veut que ça dure entre nous, il faut savoir se surprendre, grand fou. Je te l'ai dit, je suis un vrai petit pain-surprise…

Une heure plus tard, ils sont en place, Michael posté à proximité de l'entrée de l'immeuble, une pince-monseigneur sous la veste. Darell, lui, est de l'autre côté de la rue avec, dans la main, une trompette en plastique achetée à un vendeur de jouets des alentours. Ils épient l'activité de la rue, ils attendent le bon moment.

C'est Michael qui, comme prévu, donne le signal en se tournant vers l'entrée. Darell opine et porte immédiatement le jouet en plastique à ses lèvres afin d'entonner un air ressemblant vaguement à celui de *Satisfaction* des Rolling Stones.

Des badauds commencent à ralentir. Grisé par son petit succès, l'assistant ajoute maintenant le geste à la musique, une chorégraphie endiablée quoique malhabile, mêlant claquettes et rotations de l'épaule. Peu à peu, ses gesticulations de canard sous ecstasy complétée de sa tenue bariolée lui valent un petit attroupement. Un vieil homme dodeline même de la tête en balançant machinalement sa canne en rythme, tandis que trois jeunes gens se mettent à chanter en riant.

Personne ne s'occupe de Michael. Alors, sans risque de se faire repérer, le chanteur brise le cadenas.

26.

Ça y est, Michael est à l'intérieur.

Le vieux bâtiment gémit sous ses pas. Pas de lumière. Une odeur forte de peinture.

Quasiment toutes les portes sont hors service, soit cassées, soit posées à côté de leurs gonds, soit tout bonnement inexistantes. Des lustres désaxés par le temps et l'indifférence pendent encore au plafond de vastes salles. Amoncelés dans les angles, des meubles et des objets poussiéreux font la nique aux bouteilles de bière et de soda, au milieu d'un amas de bougies fondues et de fils électriques dénudés. Les anciens papiers peints sont recouverts de graffitis et de poèmes inscrits au pinceau, où se racontent, entre autres, l'histoire d'un ourson blanc piégé loin de sa mère par la fonte de la banquise, celle d'un dauphin devenu fou dans son parc aquatique, celle d'un enfant qui barbote dans une eau qui l'empoisonne.

Le chanteur traverse le rez-de-chaussée avec appréhension. Il grimpe ensuite l'escalier branlant et visite le deuxième niveau. Il déglutit devant le peu qui subsiste des appartements, les moulures éclatées, les sanitaires déglingués, les vieux lits qu'on dirait abandonnés là sur un coup de tête. Michael, qui jusqu'à présent n'a jamais été sujet au vertige, sent ses jambes flageoler lorsqu'il passe près d'un trou donnant directement sur l'étage inférieur.

Alors qu'il poursuit sa visite, il lui semble maintenant discerner des chuchotements. Une appréhension diffuse commence à l'envahir. Contre toute attente, l'atmosphère de cet immeuble désaffecté se révèle plus déstabilisante que celle de la maison hantée en papier crépon de Joe.

Pour se donner du courage, Michael se raccroche à la trompette de Darell dont il distingue les envolées. Il imagine sans peine son ami, dans la rue, en pleine séance de grand n'importe quoi.

— T'es qui, toi ?

Michael se retourne prestement. Un jeune homme très grand, affublé d'un bandana, de *dreadlocks,* d'un cache-nez et d'une lampe frontale le dévisage. Des taches de peinture maculent son jean, son tee-shirt ample, ses baskets usées et la seule partie de son visage visible. Une grande main accrochée à la partie supérieure du chambranle, l'autre le long de son buste. Dans ses doigts, un pinceau.

Ébloui par la luminosité de la lampe, Michael recule d'un pas et fouille dans la poche intérieure de sa veste. L'autre arque un sourcil.

— Je ne sais pas ce que tu es en train de chercher, mais ici, on n'aime pas les ennuis. Quand on en a, c'est rarement de notre fait.

Michael ne parle pas français, mais le ton employé est clair et le chanteur ne s'y trompe pas.

— Je cherche quelqu'un qui aurait aperçu cette femme, se justifie Michael en anglais.

Là-dessus, il extrait la photo flétrie de Maryline. Déformé, le portrait donne l'impression d'avoir été capturé un siècle auparavant.

L'autre détaille la photo en fronçant le nez sous sa protection, avant de questionner, en anglais :

— Qu'est-ce qui te fait dire qu'elle est passée ici ?

Alors Michael lui raconte à peu près tout. La carte d'embarquement, la date, l'adresse.

— Je suis désolé, *Man*, elle me dit rien, ta nana. Mais on va demander aux autres.

De marche branlante en marche branlante, l'homme conduit Michael au troisième et dernier étage.

À la seule lueur des lampes frontales, à quatre pattes ou juchés sur des escabeaux, une dizaine de jeunes gens s'activent en silence sur une immense fresque. Michael ne s'y attarde pas.

Pas encore.

Des pots de peinture éventrés jonchent le sol recouvert d'une bâche, si bien qu'un bruit de plastique froissé accompagne le moindre déplacement. Des cigarettes mal éteintes agonisent dans des cendriers de fortune. Le mélange de fumée et de vapeurs d'acétone brûle la gorge.

Dreadlocks invite le groupe à les rejoindre au centre de la pièce. Tous s'exécutent en décochant des œillades suspicieuses à Michael, cependant qu'ils déplacent des escabeaux pour compléter les assises disponibles. Sur l'invitation de Dreadlocks, Michael prend place sur un carton. Il refuse la bière qu'un jeune homme lui propose.

Après avoir décapsulé sa bouteille d'un geste expert, Dreadlocks avale une lampée. Puis il explique la situation d'une voix claire quoique légèrement voilée de nicotine et d'alcool.

— Bref, conclut-il, il veut savoir si l'un de vous l'a déjà vue.

Le portrait passe de main en main pendant qu'en fond sonore, Darell continue à souffler dans sa trompette en plastique. *Wannabe* des Spice Girls a succédé aux Rolling Stones, sous les applaudissements enjoués des passants. Tout un programme.

Michael perçoit le malaise qui ricoche de l'un à l'autre des jeunes gens : à droite, cette jeune femme, là, se mord l'intérieur des joues en jouant avec ses doigts, cherchant à capter d'autres yeux, n'importe lesquels pourvu que ce ne soit pas ceux de Michael. Ou ce tout jeune homme, qui se borne à jeter des coups d'œil en arrière, vers un coin sombre, comme s'il craignait que ne surgisse un monstre. Ou encore cet autre, dégingandé avec son chignon sur la tête, qui se déplace pour murmurer quelque chose à Dreadlocks.

Ils semblent savoir quelque chose. Des frissons courent sur les bras du chanteur.

Trois coups figent brutalement l'assemblée. Suivis d'autres coups. *Toc toc toc.* Comme si quelqu'un toquait à la porte. Sauf que c'est au sol que ça martèle.

Michael retient son souffle.

Toc. Toc. Toc.

Une silhouette se détache lentement du fond de la pièce. Une personne que le clair-obscur ambiant tenait jusqu'ici invisible.

La fille – car il s'agit d'une toute jeune fille de 15 ou 16 ans à peine – claudique en direction du groupe. Sa béquille bat le plancher à intervalle régulier. Elle colle son nez à la photo puis, sans un mot, prend Michael par la main. Dérouté, celui-ci se laisse emmener. Dans un coin obscur de la pièce, elle allume sa lampe frontale et éclaire la partie de la fresque plongée dans la pénombre.

La rue Panisse y est représentée, aussi animée que dans la réalité.

Michael y reconnaît le maraîcher, le boucher, la modiste et toutes les autres boutiques qu'il a vues un peu plus tôt. Une représentation parfaite, y compris dans l'attitude des personnages.

La jeune fille s'appuie sur Michael et positionne sa béquille à l'horizontale, sur l'un des personnages assis à la terrasse.

Maryline est là, parfaitement dessinée.

Mais elle n'est pas seule.

Près d'elle, un homme élégant sourit.

27.

— Je… je ne comprends pas, bégaie Michael. Qu'est-ce que ça veut dire ? Elle est venue ici ? Tu lui as parlé ? Qu'est-ce qu'elle t'a dit ?

La jeune fille dévisage Michael d'un air effarouché.

— Elle est muette, intervient Dreadlocks en les rejoignant.

Il se met alors à la hauteur de la toute jeune fille et appose ses mains sur ses joues, comme on le ferait pour calmer un enfant.

— Où est-ce que tu l'as vue, Mimi ?

Les mains de Mimi s'agitent.

— Tu veux bien lui montrer ? demande encore Dreadlocks.

La jeune fille acquiesce et, saisissant de nouveau la main de Michael, le conduit vers un minuscule trou dans le mur, par lequel s'infiltre un rai de lumière très fin. Sans se départir de sa mine inquiète, elle invite Michael à glisser un œil à l'intérieur.

Le bistrot. La terrasse. Les tables.

— Ta copine était assise juste là, explique l'homme. Mimi l'a vue, c'est pour ça qu'elle l'a mise sur la fresque. Ma petite sœur est pas comme nous, tu vois, elle est un peu différente, elle peint les gens qui passent dans la rue pour pas les oublier. Elle, son truc, c'est de peindre la vraie vie. Nous, on s'est donné comme mission de peindre ce qui nous pend au nez. Elle, elle est la seule à y mettre un peu d'optimisme.

En guise d'explication, il éclaire la fresque dans sa totalité.

Là où tous les autres s'échinent à peindre, à droite, une vague qui renverserait tout, un ciel déchaîné, une tempête portée à son paroxysme, Mimi, elle, a représenté à gauche la vie telle qu'elle la voit : des vieilles dames et leur caddie, un chien levant la patte près d'un réverbère, des sourires. Maryline et un inconnu, assis face à face, en train de bavarder. D'un côté la menace, de l'autre le bonheur. Saisissant contraste.

— Ce bâtiment est abandonné depuis dix ans, poursuit l'homme. Il tombe littéralement en ruine et tout le monde s'en fout. Alors on a décidé d'investir les lieux pour en faire une galerie d'art. Pour le moment, on se fait tout petits, on essaie d'être discrets. Quand on aura terminé, on ouvrira au public, personne osera nous virer. Et les gens qui viendront ici comprendront combien c'est important que ça change. Le climat, la planète, c'est pas juste des trucs pour bobos bouffeurs de graines de chia. Si la planète meurt, on crève tous avec. Nous, on croit que l'art, ça peut changer le monde. C'est là qu'est le vrai pouvoir. Tant qu'il y a des gens pour rêver, comme Mimi, il y a de l'espoir. Tu fais quoi, toi, comme boulot ?

Michael hésite avant d'admettre, d'une intonation lointaine :

— De la musique, de temps en temps. Mais c'est plutôt calme en ce moment.

— C'est bien, ça, la musique. Ça crée des ponts entre les gens. Y a pas plus universel comme langage.

Michael hoche la tête distraitement, l'attention confisquée par les interrogations qui n'en finissent pas de caracoler dans sa tête. Il commence à fatiguer de sa progression en crabe, chaque réponse ne faisant qu'engendrer une nouvelle question.

Qui est l'homme représenté à côté de Maryline ? Et pourquoi, s'il en croit Joe, était-elle si contrariée à la perspective de cette entrevue ?

Michael demande l'autorisation de prendre la fresque en photo. Garder le visage de cet homme pour tenter de le retrouver. C'est peut-être idiot, c'est peut-être impossible, mais cet espoir, même ténu, le maintient debout.

Michael est seul face à ses tergiversations. Les peintres ne s'occupent plus de lui, ils ont repris leurs travaux. C'est à cet instant que quelque chose frappe tout à coup le chanteur ou, plutôt, que l'absence de ce quelque chose l'étonne : on n'entend plus la trompette de Darell. Compte tenu de la personnalité explosive de son assistant, Michael doute que ce silence soit de bon augure. Ce qu'un regard glissé illico à travers l'œilleton de lumière lui confirme : Darell parlemente avec trois policiers en uniforme, dans un déballage de cris outrés et de gestes exaltés.

Il ne manquait plus que ça.

28.

16 février 2018 – Souvenirs

L'aurore s'invita tranquillement au travers des volets ajourés.

Maryline dormait à côté de lui, nue, sur le ventre. Michael contemplait son corps lisse, son visage apaisé. Il détailla les tatouages qui ornaient son bras et semblaient prendre vie, à la faveur d'un jeu subtil d'ombre et de lumière.

De longues tiges d'encre partaient de son poignet pour monter sur son épaule. Çà et là, accrochés comme des oiseaux à un arbre, des fleurs, un petit personnage, des initiales entrelacées, une guirlande de chiffres, 051710, qui pour lui n'avait aucun sens.

Il se rappela que, de son amoureuse, il ignorait presque tout. Mais il avait promis : pas de question, pas de passé, juste du présent. Et, peut-être, un bout de futur. Parce que Maryline avait un goût d'évidence. Elle était la femme de sa vie, ça lui suffisait. Elle lui suffisait.

Un doux sourire planait sur les lèvres entrouvertes de la jeune femme. Il se demanda à quoi elle pouvait bien rêver.

Cette nuit, ils avaient fait l'amour pour la première fois. Michael avait refusé de sombrer dans le sommeil, il voulait profiter de chaque seconde à ses côtés. Ne rien louper.

Il se leva doucement pour ne pas la réveiller, se prépara un café, enfila son casque audio et se mit au piano. Armé d'un crayon et d'un calepin, il composait dans la nuit finissante une chanson qui parlait d'un ange tombé du ciel un soir de neige, quand un baiser moelleux effleura sa joue, accompagné d'une voix que la fatigue rendait rocailleuse.

— Hey, salut, le chanteur !

Il sursauta, il ne l'avait pas entendue arriver. Il ôta ses écouteurs et pivota vers elle. Nimbée de pénombre, Maryline flottait dans son peignoir d'homme. Ses cheveux en désordre et ses pieds nus accentuaient son côté enfantin.

— Nouvelle chanson… nota-t-elle en s'asseyant à côté de lui, sur le banc du piano. De quoi ça parle ?

— De toi.

— N'importe quoi. Mais je veux bien l'entendre quand même.

— C'est trop tôt, ce n'est qu'une ébauche, plaida-t-il.

— Toi qui passes ton temps à chanter devant des milliers de gens, tu voudrais me faire croire que je t'intimide à ce point-là ?

Oui. Et plus encore. Face à Maryline, Michael n'était qu'un colosse aux pieds d'argile.

La boule au ventre, il commença à jouer et à murmurer les paroles qu'il avait composées à son intention.

— Tu trouves ça *too much*… se lamenta-t-il devant l'éclat de son rire.

Un rire franc de gamine mal élevée. Un rire qu'il aurait voulu enrober de papier bulle pour le protéger. Pour s'excuser, Maryline l'embrassa. La déception de Michael s'envola aussitôt.

Saisissant le cahier, la jeune femme transforma de-ci de-là quelques mots. De ses doigts qu'elle fit courir sur le clavier, elle arrangea un peu la mélodie.

Tout à leur musique et leur bonheur, ils ne virent pas le jour s'installer sur New York. Ils n'entendirent pas non plus Darell s'approcher à pas de loup de la porte fermée de l'appartement et faire le pied de grue pour s'assurer que personne ne vienne les interrompre.

29.

Inquiet, il remercie en coup de vent les activistes écologistes et dévale les escaliers.

Un tohu-bohu l'immobilise. Il hoche la tête, perplexe et méfiant, puis reprend sa course jusqu'au rez-de-chaussée. Là, il glisse un œil dans l'embrasure de la porte d'entrée afin de s'assurer que la voie est libre.

Elle l'est. Et pour cause. Les trois jeunes gens qui, un peu plus tôt, s'enjaillaient sur la reprise plastique et tout en souffle de *Satisfaction*, ont manifestement décidé de faire le show à leur tour, grâce à une enceinte surpuissante reliée à un Smartphone.

Alors que les représentants de l'ordre sont en passe d'interpeller Darell, *YMCA* des Village People résonne. L'assistant ouvre des yeux ronds comme des calots et brillants comme des frites de la friterie. D'un doigt solennel, il désigne le ciel et, arborant l'air navré de l'impuissance incarnée, il se met à gesticuler, assurant aux policiers sidérés que son corps bouge à l'insu de son plein gré sitôt qu'il entend cette chanson, et qu'il tient un certificat médical à leur disposition s'ils souhaitent une preuve de cette pathologie rare, mais invalidante, comme ils peuvent d'ailleurs le constater.

— Voyez, messieurs, je ne contrôle plus rien.

À l'instar d'un Darell survolté et en sueur, certains parmi la foule massée autour d'eux commencent à forment des Y, des M, des C et des A avec leurs bras. D'abord timides, les gestes gagnent peu à peu en audace et en amplitude. La foule se densifie. Bientôt, grisée par cette chorégraphie improvisée, la rue entière vibre, au grand dam des policiers. L'un d'eux colle nerveusement un talkie-walkie à sa bouche pendant que son collègue, vaincu par l'atmosphère, bat discrètement la mesure de son pied gauche.

Alors que Michael en reste comme deux ronds de flan, trois des militants écologistes dévalent les marches. Dreadlocks porte Mimi et sa paire de béquilles dans ses grands bras.

Un grand sourire dessiné sur les lèvres, la jeune fille s'empare au passage de la main de Michael. Lorsque la porte s'ouvre, l'homme dépose sa petite sœur par terre.

Celle-ci mène le chanteur au milieu des danseurs. Stupéfait, Michael n'a pas l'idée de protester. Heureusement coiffé de son bonnet et de ses lunettes soleil, il devrait de toute façon passer inaperçu.

Les gens s'amusent, des bras s'élèvent, des pieds sautillent, baskets, bottines, sacs en bandoulière ou bananes à la taille, en doudoune ou en petit veston de tweed, kilos en moins ou kilos en trop, chacun danse avec ce qu'il est.

Certains effectuent des mouvements experts quand d'autres, plus timorés, n'esquissent que des pas gauches et timides. Ce n'est plus qu'une masse compacte et dansante, rebondissant sur les percussions, bougeant comme un seul homme.

Malgré sa boiterie, Mimi se fraie un chemin dans la foule, guidant Michael au centre de la place. Bientôt, par un hasard que seul le destin sait enclencher, Michael et Darell se retrouvent côte à côte. Avant d'être séparés de nouveau par une immense chenille venant de se former sous la houlette de l'un des jeunes gens.

Les Village People se taisent et laissent place à la voix de Lady Gaga sur *Born this way*. Une vieille dame aux doigts noueux saisit la cravate d'un homme en costume, tandis que la vendeuse de chapeaux remplace le képi d'un policier par un canotier en paille du plus bel effet.

Une nouvelle fois, le mouvement entraîne Michael à proximité de Darell. Lorsqu'il croise son patron, l'assistant feint de s'indigner. Il hausse les épaules en signe de dédouanement, grimace avec outrance pour montrer ce qu'il pense de l'attitude étrange et dévergondée de ces Français fous furieux et imprévisibles qui mettent l'ambiance sans crier gare. Puis il se laisse engloutir par la folle marée humaine, le visage éclairé d'un sourire radieux.

De son côté, Mimi secoue la tête, ses grands cheveux raides voletant autour d'elle. Elle ferme les yeux. Quand elle les rouvre, c'est pour encourager Michael du regard.

Cette toute jeune fille semble mettre un point d'honneur à le faire danser. Ça le touche. Il ne veut pas la décevoir. Il se cale sur ses mouvements, fluides malgré son handicap, avec l'embarras d'un enfant qui apprend tout juste à se mouvoir.

Pendant que Darell, à quelques mètres de là, se déhanche comme un beau diable, Mimi glisse un papier à Michael. Du coup, il ne sent pas la main qui, au même moment, lui retire son bonnet. Et l'autre, qui, à dessein ou non, s'empare de ses lunettes de soleil. Il ne s'aperçoit pas non plus tout de suite qu'autour de lui, des gens s'immobilisent en écarquillant les yeux. Ni qu'on le désigne avec étonnement.

Quand Mimi place la main devant sa bouche grande ouverte de stupéfaction, il songe brièvement que quelque chose ne tourne pas rond. Jusqu'à ce qu'il réalise que l'air fouette ses cheveux et que la lumière blanche du soleil éblouit sa rétine.

Il a à peine le temps de se figurer la catastrophe sur le point d'arriver qu'il discerne déjà le souffle de Darell contre son oreille.

— J'espère que t'es prêt à courir, ma sauterelle.

Michael détale instinctivement, comme le cerf pendant la chasse à courre, son assistant sur les talons. Pendant que lancées à ses trousses, une dizaine de personnes hurle son nom.

30.

Michael et Darell galopent à toute vitesse. Ils n'ont que quelques secondes d'avance sur leurs poursuivants. Combien sont-ils, maintenant, derrière eux, à réclamer une photo ou à désirer toucher Michael ? Vingt ? Trente ? Pas le temps de compter, c'est la débandade.

Ils déboulent sur la chaussée, juste devant un véhicule. Appuyant sur le klaxon comme un forcené, le conducteur insulte les deux dingues avant de lui-même se faire klaxonner par les automobilistes qui ont dû piler pour ne pas l'emboutir. Le premier sort de sa voiture, les autres aussi.

S'engage alors une explication énergiquement méditerranéenne, qui prend fin dans l'effarement cinq secondes plus tard, devant la meute beuglante des assaillants. Hors d'haleine, nombre d'entre eux abandonnent, le groupe s'étiole au fil de la course. Ne restent que les fans les plus acharnés et les sportifs les plus redoutables.

À la faveur de la circulation, Michael et Darell ont gagné une avance significative. Ils débouchent sur une avenue longeant le front de mer, grimpent sur des voitures, sautent par-dessus des caniveaux, trébuchent sur des étals en s'excusant auprès des commerçants pour les dommages, façon film d'action à gros budget et à petit scénario.

Darell souffle des « Crotte crotte crotte » en inspirant les dernières bouffées de Ventoline de son inhalateur. Il n'en peut plus. Au bord de l'apoplexie, il finit par s'arrêter.

— Laisse-moi mourir ici, suffoque-t-il, la main sur la poitrine, la moustache en berne. Je ne veux pas te ralentir. Va, mon ami, on se retrouvera dans une autre vie.

Comme toujours, Darell en fait des caisses. Mais le régiment de groupies se rapproche. Acculé, Michael pousse son assistant dans une ruelle adjacente et désigne une poubelle grande ouverte.

— Monte !

— Plutôt mourir empalé sur une coquille d'œuf.

— Arrête de faire des manières, monte, je te dis.

— Tu exagères, trésor…

Avec moult difficultés en raison de sa petite taille et de sa motivation au ras des pâquerettes, Darell se résout à enjamber la poubelle, soutenu par Michael.

— Ouh la la, il y a de la pâtée pour chien, mon bichon ! Entre ça et le yorkshire obsédé de Joe, j'en ai ma claque des clébards ! Oh ! et ça, qu'est-ce que c'est ? Aaahhh, une arête de poisson entière. Est-ce que t'as déjà vu un truc pareil, Michael ? Je pensais que c'était juste dans les dessins animés ! Et des épluchures de bananes ! Ma parole, ils ne trient pas leurs ordures dans ce pays, ou quoi ? Beurk, c'est répugnant. Je mérite mieux que de patauger dans les relents nauséabonds d'une ville entière. Je sens que je vais défaillir. D'ailleurs, voilà, c'est en cours, tel que tu me vois là, je suis en train de m'évanouir. Oh, Seigneur, je vois le tunnel, et la lumière…

— Arrête ton char, et fais-moi une place.

— Manifestement, mon bien-être n'est pas ta priorité… bougonne Darell en se décalant, le regard accroché à ses doigts couverts d'une matière flasque non identifiée.

— Je suis claustrophobe, rappelle Darell au chanteur qui vient d'attraper le couvercle du container.

— Et agoraphobe, non ?

— Aussi, admet l'assistant, livide. OK, va pour le couvercle, du coup.

Toute sortie d'une vedette internationale doit toujours être parfaitement organisée : il faut prévenir les services de sécurité des lieux des jours à l'avance, avoir des gardes du corps en permanence sur le dos, des solutions de repli. L'improvisation, dans le métier qu'exerce Michael, n'a pas sa place. Mais il n'a jamais pu s'y faire, il aime trop la liberté. Résultat, il a beaucoup tenté le diable et s'est fait repérer plus souvent qu'à son tour. Il est donc rompu à ce genre d'exercice. Se cacher dans les ordures est un grand classique. Peu ragoûtant, mais imparable vu que personne n'irait chercher une star dans les détritus.

— *Une poule sur un mur qui picore du pain dur, picoti picota…*

— Qu'est-ce que tu fais ? s'étonne Michael à voix basse.

— Je dilue mon anxiété, figure-toi. Mon psy m'a conseillé les comptines. *Picoti picota lève la queue et puis s'en va. Promenons-nous dans les bois pendant que le loup n'y est pas, si le loup y était, il nous…*

— Tais-toi, ils arrivent.

— Ils vont nous dévorer tout cru.

— …

— …

— Pssst, Michael ?

— Oui.

— Ils sont partis ?

— Non.

— Ils sont partis ?

— Pas encore…

— Michael ?

— Quoi encore ?

— Ils sont partis ?

— Ça y est.

— Ouf, c'était moins une. On l'a échappé belle. On sort ?

— Dans cinq minutes. Pour être sûr.

— Je te déteste.

— Je sais que non.

— Justement, tu en abuses, ma noisette au sucre. C'est mauvais pour ton karma, je dis ça, je dis rien.

Une heure et quatre douches plus tard, ils s'écroulent, chacun dans leur lit, fourbus par tant d'émotions, étourdis des dernières aventures.

Ce n'est qu'une fois seul, dans le secret de sa chambre, que Michael déplie le papier que lui a confié Mimi. C'est écrit : « Il y a toujours un sens… »

31.

19 septembre 2018 (1 h 56 avant l'accident) – Le dernier concert

Michael Wright marqua une pause. Il s'apprêtait à entonner la chanson que tous attendaient, le plus grand de ses succès, la mélodie qui l'avait propulsé sur le devant de la scène, qui lui avait valu des records de ventes et de récompenses, cette musique qu'il avait composée quelques années auparavant, entre 3 et 4 heures du matin, armé de sa guitare, d'un papier et d'un crayon, assis sur son lit, dans le minuscule appartement dont il avait alors le plus grand mal à s'acquitter du loyer.

Après sa séparation d'avec Joe Mitchell, la dégringolade avait été rapide. Ce soir-là, Michael s'était senti plus seul que jamais, il n'y croyait plus. Mais il avait la musique. Et c'était déjà ça. Alors il s'était mis à fredonner dans l'obscurité de sa pièce unique, sur son clic-clac, des paroles d'amour qui parlaient d'êtres fendus mais incassables, et de sentiments inaltérables.

Six ans plus tard, il était là, face à cette immense foule qui reprenait en chœur tous ses refrains.

Il contempla son public pendant plusieurs secondes, avec des yeux d'enfant éberlué, ébloui par tant d'amour. Il n'avait prévu aucun discours. Juste de la musique. Mais c'était trop pour un seul homme, il fallait que ça sorte. Il respira dans le micro. Il entendait son souffle revenir dans l'oreillette et se répercuter dans les énormes enceintes. Son visage en 16/9, sur l'écran géant juste derrière lui.

— Vous savez…

Le public se déchaîna. Il marqua une pause, le temps que les applaudissements s'épuisent.

— Les années passent, poursuivit-il dès qu'il le put, les concerts se suivent et pourtant, je ne m'y habitue pas. Je vous regarde tous, là, face à moi, vous êtes magnifiques, je suis tellement heureux, je ne peux pas m'empêcher de revoir tout le chemin parcouru jusqu'à maintenant. J'ignore ce que j'ai fait pour mériter autant…

L'émotion le submergeait tant qu'il dut s'arrêter. Il porta les mains à ses lèvres où s'accrochait un sourire béat. Encouragé par la foule, il reprit :

— Vous voulez que je vous dise ? Avant de monter sur scène, j'étais tellement nerveux, j'étais effrayé, mais c'est idiot. Tout le monde ici est venu pour s'amuser, pas vrai ? Je suis… Je suis sidéré de vous voir tous ici. Les jours où ce sera plus dur pour moi, je veux me souvenir de ce soir.

Il se retourna pour boire une gorgée d'eau et, surtout, essuyer discrètement une larme qui perlait à l'une de ses paupières. Il se sentait incroyablement vivant.

Il obliqua vers le piano. Appuya sur la première touche. Des clameurs montèrent aussitôt de la foule. Le public avait reconnu la chanson. Dès qu'il commença, des bras s'élevèrent, au bout desquels se balançaient les lampes-torches des téléphones portables.

Tout en jouant l'introduction, et tandis que le reste du groupe entrait peu à peu dans l'arène pour accompagner le piano, Michael repéra dans la fosse un jeune couple enlacé. Il eut soudain envie de rendre un peu du bonheur qu'il ressentait. Il fit alors signe au cameraman qui braqua illico sa caméra sur les deux jeunes gens. En moins d'une seconde, l'image de leur amour s'afficha sur l'écran géant.

Dans leur bulle, ils ne se rendirent pas tout de suite compte que la foule, et des millions de gens derrière leur téléviseur, assistaient en direct à leur slow. Ce n'est que lorsque l'un des spectateurs juste à côté d'eux, attira leur attention en désignant l'écran qu'ils comprirent et s'arrêtèrent, éberlués.

— Coucou, vous deux, fit Michael en les gratifiant d'un petit signe.

Leur air interdit provoqua l'hilarité générale.

Puis :

— Comment vous vous appelez ?

Aidés par les autres spectateurs, les prénoms rebondirent jusqu'à la scène. Kelly et Martin.

— Vous vous connaissez depuis quand ?

Nouvelles réponses, de loin en loin. Trois ans. Ils s'étaient rencontrés à l'un des précédents concerts de Michael. Ils venaient juste de se fiancer, deux heures auparavant.

Une gigantesque acclamation accueillit la nouvelle.

— Je vous souhaite beaucoup de bonheur ! s'exclama Michael qui, leur dédicaçant le titre, se mit à chanter, en transformant très légèrement les paroles pour y inclure les prénoms de Kelly et Martin qui n'en revenaient pas et s'enlaçaient de plus belle.

Juste avant la fin de la chanson, Michael se leva et marcha jusqu'au bout de la scène pour applaudir le couple. Il était sincèrement heureux pour eux.

Au passage, il avait failli chuchoté un « Je t'aime » à l'oreille de Maryline. Un élan du cœur, sans préméditation.

« Elle n'est pas pour toi. »

La réminiscence des mots acerbes de Marc l'en avait dissuadé.

Bientôt, il faudrait lui dire adieu. C'était mieux pour tout le monde, même si cela faisait un mal de chien.

32.

Michael ne dort pas. Trop de souvenirs, de remords, trop de vide dans les yeux de Maryline.

« Une nana que tu connaissais à peine », a martelé Marc, son producteur.

« Il y a toujours un sens », a griffonné Mimi.

Il s'extirpe de son lit et contemple l'extérieur depuis la fenêtre de la chambre. Les phares des voitures et des deux-roues zèbrent l'avenue longiligne bordée de palmiers. De rares passants déambulent sur la Croisette à la lueur des réverbères.

L'espace d'un instant, l'esprit de Michael s'égare à imaginer l'existence de ces inconnus. Ce qui les a amenés ici, la teneur de leurs réflexions, de leurs rêves. Cherchent-ils eux aussi un sens lorsqu'ils regardent la mer ?

L'angoisse monte dans sa gorge. Comme sa chambre et sa solitude lui deviennent soudain insupportables, il descend au bar de l'hôtel.

C'est une grande salle au mobilier sombre et massif. Des sculptures en bois précieux ornent les murs. Des tapis épais de facture orientale recouvrent par endroits le sol en parquet de Hongrie. Un lustre imposant suspend ses gouttes de cristal. Çà et là, de larges fauteuils vert bouteille entourent des tables rondes. Dans un coin, un feu danse derrière une vitre, dans une immense cheminée à l'éthanol, donnant à l'ensemble une atmosphère élégante et chaleureuse.

Sur une estrade, un pianiste en smoking noir joue une mélodie romantique. Ses doigts montent et descendent sur les touches blanches et noires. Le musicien a les yeux fermés. Il est habité.

Le Michael d'avant l'accident avait lui aussi le pouvoir de s'envoler. Comme il envie ce musicien ! Triste, il détourne les yeux.

Un couple est assis à une table, près de la baie vitrée. L'homme et la femme discutent en buvant. Elle, à la paille, un cocktail orange servi dans une coupe en forme de pyramide inversée. Lui trempe ses lèvres dans un verre de vin blanc. La femme rit discrètement. Il approche sa main. Elle la recouvre avec ses doigts, il l'embrasse dans le cou, elle rougit, regarde ailleurs une seconde puis revient s'arrimer aux yeux de son amoureux. La musique, l'ambiance, le bonheur les rendent beaux.

Sentant sans doute le poids du regard de Michael sur eux, l'homme décoche une œillade au chanteur et le gratifie d'un signe de tête. Il l'a peut-être reconnu.

Gêné, Michael enfonce les mains dans ses poches et s'approche du comptoir rutilant où le barman, un homme grand vêtu d'une chemise blanche et d'un gilet élégant de taffetas moutarde, sert un whisky à un homme assis sur un tabouret. Ce dernier dodeline doucement de la tête au rythme de la mélodie, tout en jetant des coups d'œil à sa montre.

Michael s'assoit à deux tabourets de lui.

— Bonsoir, monsieur, qu'est-ce qui vous ferait plaisir ? lance le barman d'un ton profond et onctueux.

Quelque chose de fort, histoire de se mettre la tête à l'envers et d'oublier. N'importe quoi, pourvu qu'il ait un peu de répit.

— Un whisky, s'il vous plaît.

Michael observe le serveur poser un verre sur un rond de cuir, déboucher la bouteille, verser le liquide ambré en faisant danser les glaçons, reboucher la bouteille et la ranger sous le comptoir d'un geste sûr. Le voisin lève son verre dans sa direction en signe de connivence.

— À l'amour ? demande-t-il en français.

Michael esquisse un sourire chiffonné et lève aussi son verre, en articulant, en anglais, parce qu'il n'y a finalement pas besoin d'être bilingue pour comprendre :

— Ouais… à l'amour…

Il trempe ses lèvres. Réprime une grimace. Il a toujours détesté le whisky. Mais ça ou autre chose…

Son compagnon improvisé boit également une gorgée et demeure atone, le regard accroché à son whisky, le dos voûté au-dessus du comptoir. Puis, il prononce, en anglais :

— Vous aussi, vous attendez quelqu'un ?

Michael hausse les épaules.

— Je ne l'attends malheureusement plus.

Les lèvres de l'homme s'entrouvrent d'un sourire fugace et douloureux. Son regard se promène sur la salle et retombe par terre. À ses pieds gît un bouquet de fleurs. Une boule de roses rouges ornée de feuilles vert tendre, dans un enchevêtrement de bolduc, de papier de soie et de papier cristal.

— Vous l'ignorez, mais vous êtes chanceux, mon vieux, répond le gars. L'attente est un piège. On croit qu'il suffit de décréter de ne plus attendre. Mais on attend, malgré soi.

Michael n'a pas envie de parler. Il ne désire qu'une chose : être seul avec son désespoir, ses remords et ses souvenirs. Mais l'autre poursuit, en faisant tourner les glaçons dans son verre :

— Moi, voyez-vous, je l'attends toujours. On s'est rencontrés à l'université. Chacun a fait sa vie de son côté, elle en Suède, moi à Shanghaï. Tous les six mois, on se retrouve ici, pas de coup de fil, pas d'adresse, c'est notre règle. Pas de question non plus, je ne connais rien de sa vie, elle ne connaît rien de la mienne. Du mystère… C'est excitant, le mystère, vous ne trouvez pas ?

Le mystère, Michael en a soupé. Il donnerait n'importe quoi, sa vie, sa gloire, la scène, ses fans, contre une tranche, même fine, de certitude.

— Combien de fois j'ai voulu lui dire qu'il n'y avait qu'elle, qu'il n'y avait jamais eu qu'elle ? que je ne vivais que pour nos rendez-vous ? Elle, elle met son index sur ma bouche, elle refuse de m'entendre m'épancher. Elle dit que les déclarations ne sont faites que pour ceux qui n'ont pas confiance. Elle dit :« Tais-toi. » Alors je me tais. J'imagine que je vous donne l'impression d'un gentil petit toutou…

Michael secoue la tête. Un type amoureux, oui. Pas un toutou.

— Deux fois par an. Avril, le 19, parce que c'est l'anniversaire de notre premier baiser. Et le 24 octobre, parce que c'est à cette date que nous nous sommes dit au revoir pour la première fois. C'est la troisième fois que je viens ici, dans notre hôtel, et qu'elle n'est pas là. Voilà un an et demi que je ne l'ai pas vue. J'espère qu'elle va bien. Je garde espoir qu'elle revienne un jour. Alors j'attends. Et je reviendrai dans six mois. Vous voyez ces fleurs ? Elle les adore. Elle s'appelle Emma. C'est un beau prénom, n'est-ce pas ? Emma…

— C'est très joli.

— Et de votre côté, comment s'appelle-t-elle ?

— Maryline…

L'homme porte un nouveau toast.

— À Emma et Maryline, alors. Où qu'elles se trouvent.

— À Emma et Maryline.

— Et aux cœurs en vrac !

— Et aux cœurs en vrac.

Là-dessus, l'homme jette un coup d'œil à sa montre, se hisse sur ses jambes et marche jusqu'au couple attablé, son bouquet dans les bras. Il l'offre à la femme et revient jusqu'à Michael. Il lui tend la main.

Ses cernes témoignent de nuits sans sommeil. Il possède le regard lourd de ceux qui, comme Michael, cherchent des réponses impossibles. Le chanteur propose de lui offrir un autre verre. L'homme accepte.

De fil en aiguille, de verre en verre, les deux hommes se prennent à rire. Et à pleurer. Peu importe, au fond, que la prochaine gorgée soit une lampée de joie ou de peine, l'essentiel est que deux compagnons de galère, réunis le temps de quelques heures, partagent ce moment. On parle d'Emma, de Maryline, du vague à l'âme, des amours écorchés, des sentiments en miettes. On regrette le temps où l'on était gosses et légers, comme des adultes qui, de l'enfance, ont presque tout oublié, y compris les douleurs.

La nuit file, le pianiste a remballé ses partitions et fermé le capot de son instrument. Il a salué le barman en lui lançant un morne « À demain ! ». La femme a reniflé les roses, puis le couple a titubé jusqu'à la réception avant d'être aspiré par l'un des ascenseurs.

À présent, le serveur range les verres et astique ses *shakers* chromés.

La nuit file, donc. Et les verres s'empilent sur le bar.

Soudain, l'homme ouvre la bouche et écarquille les yeux. Sa veste chute sur le sol. Michael se retourne. Une femme se tient devant la porte vitrée du bar dont elle sonde l'intérieur.

— Emma, murmure l'homme d'une voix empâtée par l'alcool.

Il est trop ivre pour y croire vraiment.

Elle a une quarantaine d'années. De hauts talons, des mollets fuselés, une jupe de tailleur strict. Un chemisier étroit, ouvert sur une chaîne en or discrète. Les cheveux châtains tirés en un chignon raffiné.

Délicate. Pressée. Déterminée.

Elle adresse un signe à son amant. Le visage transfiguré par l'émotion, l'homme s'empresse de la rejoindre, négligeant aussitôt Michael et leur amitié d'ivrognes. Il la prend dans ses bras. La serre fort. La fait tourner avec maladresse, comme dans ces vidéos désuètes de vieux karaoké. Alors qu'il s'apprête à parler, elle pose son index en travers de ses lèvres. Et ils disparaissent ensemble, avalés à leur tour par l'un des ascenseurs.

— Il y a parfois des petits miracles, commente le barman de sa voix grave en resservant un verre à Michael.

— Et parfois pas.

— Il arrive que les miracles surgissent de manière détournée…

— Vous parlez comme un philosophe.

— Je suis barman depuis trente ans, déclare-t-il, comme si ceci expliquait cela.

Michael lorgne le piano. Sa croix, sa bouée. Il a tout à coup envie de jouer pour cet homme et cette femme qui se perdent de vue sans cesse pour mieux se retrouver. Ça ferait une belle chanson.

— Je peux ?

— Je suis désolé, notre bar va fermer.

— Juste une seconde.

33.

Le barman se tord la bouche et décoche une œillade discrète à l'horloge qui, au-dessus des bouteilles, indique l'heure sur quatre fuseaux horaires, Cannes, New York, Pékin et Sydney. Il finit par se résigner, avec une distinction qui confine à la lassitude.

— Je vous en prie…

Michael s'assied derrière le piano. Il caresse le clavier, appuie sur quelques touches. Chaque son produit le broie un peu plus. Déjà, l'envie se fait la malle. La musique est dérisoire.

Le temps passe, Michael tape sur le piano comme un gamin frustré. Il se venge de ce que la musique lui a donné, puis repris. Il veut lui faire mal.

Au bout d'un moment, il réclame un autre verre, le visage strié de larmes.

— Je suis navré, rétorque le serveur, je suis forcé de refuser.

— Je ne partirai pas, bégaie Michael sans agressivité.

Une constatation, c'est tout. Une prière, à la limite.

— Monsieur Wright, la loi nous interdit de rester ouverts toute la nuit. Je vous en prie, soyez compréhensif, ne m'obligez pas à appeler la sécurité.

— Qu'est-ce que ça peut faire, hein ? tempête Michael en se redressant tout à coup. Qu'elle vienne, la sécurité ! Je l'attends, moi, la sécurité !

— Te voilà, ma crevette !

Cette voix. Darell est dans le bar, en peignoir et mules à l'effigie de l'hôtel, ses lunettes de travers sur le nez, la moustache en vrac.

Michael baisse la tête et se lève.

— Elle est morte, postillonne-t-il, chancelant, en se tenant au piano.

Puis, se liquéfiant debout, les paupières gonflées de sanglots, sans plus aucune volonté – ni possibilité – de contenir sa souffrance, vulnérable, friable, il bredouille :

— Et moi, qu'est-ce que je suis censé faire avec ces questions, hein ? Dis-moi, Darell, qu'est-ce que je vais faire de tout ce qu'elle ne m'a pas dit ?

Alors Darell le regarde dans les yeux. Dans son ventre à lui résonne la douleur de son ami d'enfance, un écho qui lui tord les tripes. Il place la main sur son épaule et, refrénant ses propres sanglots, il articule :

— Je sais, mon pote. Mais parfois, il vaut mieux laisser les morts là où ils sont. À trop vouloir comprendre, on peut abîmer les souvenirs. Maryline t'aimait, et rien d'autre ne devrait compter, on est d'accord ?

Puis, l'aidant à descendre de l'estrade :

— Allez, viens, chéri, on laisse le monsieur fermer et demain, on rentre chez nous. Ça ira, je te promets que ça ira.

Bras dessus bras dessous, tanguant de conserve, ils gagnent la sortie et traversent la réception. Derrière le guichet, deux employés en uniforme foncé les saluent, tout en s'échangeant un regard lourd de sens : Michael Wright n'est pas au mieux de sa forme. Plus tard, les réceptionnistes se feront un plaisir de raconter ça aux copains. Dans cet hôtel prestigieux, on a beau être habitué aux stars et formé à la discrétion, ça n'empêche pas de s'exciter devant les états d'âme d'une célébrité.

Soudain, une chanson paillarde emplit brusquement l'atmosphère. Insolite, dans cet espace feutré qui sent bon et où on n'entend pas un bruit, hormis celui des cabines d'ascenseurs et des touches sur le clavier des réceptionnistes.

Darell se statufie, les joues rubicondes, les moustaches frémissantes. Les employés regardent leurs chaussures et se mordent la joue pour ne pas rire. Pendant ce temps, évidemment, le volume de la sonnerie augmente, ajoutant de la gêne à la gêne. Jusqu'à ce que Darell lâche dans un soupir renfrogné :

— Bon, ça va, c'est mon téléphone, j'étais justement en train de changer de sonnerie quand je me suis rendu compte que Michael n'était plus dans sa chambre.

Les réceptionnistes ne peuvent se retenir de rire plus longtemps, entraînant Michael dans leur sillage. Le chanteur rit à en pleurer, parce qu'il faut bien que les larmes sortent, d'une manière ou d'une autre. Faisant fi des railleries, Darell décroche.

— Allô ? Oui… C'est qui ? Ouh la la, j'entends rien, il y a beaucoup de monde où vous êtes…

Il fronce les sourcils. Lisse sa moustache entre ses doigts.

— Ah, mais, c'est… eh ben, ça pour une surprise…

Il frotte maintenant l'encolure de son peignoir.

— Oui, oui, il est à côté de moi… Mais il vaut mieux que je te prévienne, Giga star n'a pas vraiment les yeux en face des trous. T'as déjà vu une brioche périmée ? À côté, c'est nettement plus appétissant… Ne quitte pas…

Posant sa paume contre le combiné pour s'adresser à Michael :

— C'est pour toi. C'est… Joe.

Michael recouvre immédiatement son sérieux. Il pressent que si Joe prend la peine d'appeler en dépit de l'interdiction et de sa quinzaine « Loin de tout », c'est qu'il a quelque chose d'important à lui révéler.

34.

Inquiets, pétris de scrupules, des pêcheurs sont revenus sur l'île pour les chercher. À la place de Michael et de Darell, ils sont tombés sur un drôle de type, une sorte de hippie dormant avec son yorkshire dans les ruines d'une chapelle. Une veillée s'est alors improvisée au coin du feu.

De fil en aiguille, une idée a germé dans l'esprit de Joe Mitchell. Un début de solution, peut-être. Il leur a emprunté un téléphone, vu qu'il n'en avait pas, quinzaine « Loin de tout » oblige. C'est pour ça qu'il peut appeler.

— *J'ai beaucoup réfléchi après votre départ,* commence Joe à l'autre bout du fil.

Au loin, des voix, un mélange bizarre de musique country et d'hommage à la mer.

— *Tu devrais explorer du côté du père de Maryline.*

— Son père ? s'étonne Michael.

Maryline ne lui a jamais vraiment parlé de son père. D'ailleurs, à chaque fois qu'ils ont évoqué sa famille, Maryline est restée évasive. Il sait seulement qu'elle a perdu sa mère des années auparavant et que son père vit quelque part en Écosse. Mais, à ce qu'elle lui a dit, ils étaient brouillés. Depuis quand, pour quelle raison, il n'en a aucune idée. Il n'a pas demandé ; elle n'aurait de toute façon pas répondu.

Une nouvelle fois, les paroles acides de Marc s'invitent entre les parois de son crâne, comme des acouphènes impossibles à chasser : « Une nana que tu connaissais à peine. » Il a raison, Michael ignore tout de Maryline.

Dans le combiné, une guitare et un accordéon font la nique aux aboiements enjoués du chien.

— *Mon assistante a retrouvé une adresse et un numéro de téléphone sur un vieux formulaire que Maryline avait rempli quand je l'ai engagée,* continue Joe. *Elle se domiciliait chez son père à l'époque, sur l'île de Lewis. Tu as de quoi noter ?*

Michael attrape sur le comptoir de la réception une feuille avec le logo de l'hôtel en filigrane, ainsi qu'un stylo laissé à disposition des clients. Puis il écrit, sous la dictée, l'adresse et le numéro d'Allan Campbell.

Dès qu'il a raccroché, le chanteur compose le numéro. Aucune tonalité. À la place grésille un message lui indiquant que ce numéro n'est pas attribué. Chou blanc, encore… Décidément… Ne reste plus que l'adresse.

— Alors ? s'enquiert Darell, frétillant de curiosité.

— Alors… ça te dirait de partir en Écosse ?

Darell feint de s'évanouir. Ostensiblement, cela va sans dire. Une vraie Castafiore.

— L'Écosse ? Allons bon ! Et moi, je suis quoi là-dedans ? Et ma sensibilité d'être humain, hein, t'en fais quoi ? Je ne suis pas une valise qu'on trimballe, Michael Machin Wright, j'ai le droit à un peu de considération, un peu d'amour aussi.

— C'est bon, tu as terminé ?

— Presque.

Le comédien du dimanche décoche un clin d'œil en direction des réceptionnistes et susurre à un Michael archi dubitatif :

— J'ai un public, je sens que je les tiens là, regarde, ils sont subjugués par mon jeu d'acteur, je ne peux pas les abandonner au beau milieu de ma représentation, la gestion de la frustration, Michael, voilà le secret…

Darell se garde d'ajouter qu'il a surtout en tête de sauver la mise de son patron, que si son « sketch » laisse une empreinte suffisamment vivace aux réceptionnistes, ces derniers pourraient bien oublier qu'ils ont vu Michael Wright rond comme une queue de pelle. Une tactique qui vaut ce qu'elle vaut, mais qui a le mérite d'exister.

Sans laisser le temps à Michael de répliquer, Darell reprend d'une voix forte tout en guettant les réactions des employés :

— Presque… Parce que, vois-tu, il faut que tu comprennes que…

— Je peux y aller tout seul, coupe Michael. Je suis un grand garçon.

— Ne rêve pas, réplique l'assistant à voix basse, avant de s'écrier, de manière à être entendu par la terre entière : Un grand garçon, toi ? Laisse-moi rire, ma pâte à tartiner, ah ah ah, Dieu sait dans quel guêpier tu vas encore te fourrer si je ne te surveille pas. Et aurais-tu l'obligeance de m'expliquer ce qu'on va trouver en Écosse ? Enfin, si ça ne te dérange pas trop de me mettre dans la confidence, bien sûr…

— Des réponses.

— Allons bon. Question mystères mystérieux, tu te poses là. Tu me fais tellement de nœuds à l'estomac, mon anguille, que je serais étonné de pas couver un cancer.

Et, bombant le torse sous son peignoir, relevant le front et le menton, tendant le bras comme un chevalier brandit sa lance, l'assistant déclare, dans un élan de courage hors du commun :

— Mais voilà, puisque telle est ta volonté, en route mauvaise troupe. Si c'est des réponses qu'on va chercher, autant que je m'habille un peu plus chaudement. Amis réceptionnistes, mettez tout sur la note de cet énergumène, ça lui apprendra à maltraiter le petit personnel.

Sur ce, il marche, gaillard, vers les ascenseurs et s'engouffre à l'intérieur de celui qui s'ouvre en premier, sans un regard pour les réceptionnistes éberlués. Puis, lissant sa moustache entre son pouce et son index, il remonte un peu le col de son peignoir et déclare, satisfait :

— Ça, c'est ce que j'appelle une sortie de scène réussie. Je te signerai un autographe tout à l'heure, Choupita. En attendant, je vais essayer de te trouver un tube d'aspirine. M'est d'avis que la cuite du piano-bar va te laisser un mal de crâne carabiné.

— Je n'ai quasiment rien bu, je me sens parfaitement bien.

— Mais bien sûr, et moi, je suis une libellule rose qui pète pour avancer.

35.

1er juin 2018 – Souvenirs

Ils se fréquentaient depuis six mois et passaient quelques nuits par semaine ensemble. Quelques, pas toutes, Maryline s'était montrée très claire sur ce point. Et toujours en secret, à l'abri derrière les volets tirés de l'appartement de Michael. La popularité du chanteur obligeait à ce genre de concession. Bien sûr, ils n'étaient pas seuls dans la confidence.

Ainsi, le vieux concierge de l'immeuble qui permettait à Maryline de sortir à l'aube par les accès de service était au courant. Tout comme les deux gardes du corps de Michael. Et Darell, évidemment.

Leur histoire s'était déroulée sans accroc, jusqu'à la veille, quand Maryline lui avait avoué qu'elle nourrissait d'autres envies pour eux deux, des envies « basiques ». Résultat, ils s'étaient agacés sans se comprendre.

— Qu'est-ce que tu attends de moi, à la fin ? s'était énervé Michael.

— Je veux qu'on partage des trucs normaux : sentir l'air quand on se promène, aller dans un supermarché avec toi pour acheter des betteraves en conserve, pique-niquer dans un parc, prendre de l'essence dans une station-service, par exemple. Je ne te demande pas la lune !

Michael trouvait ses reproches injustes. En acceptant de vivre cette histoire avec le chanteur, Maryline savait pertinemment à quoi elle s'engageait.

Chacun avait campé sur ses positions et, de mots fâcheux en paroles blessantes, la jeune femme avait enfilé sa veste en jean et était partie en claquant la porte.

Depuis, Michael avait réfléchi. Il avait décidé de se racheter.

— Bien, qu'est-ce que je te disais ? reprit Darell. Ah oui, je te parlais de cette journaliste dont le QI est inversement proportionnel à son audimat. Sympatoche, tu verras. Tu fais des phrases simples, tu évites le second degré et, surtout, tu ne la lances pas sur les chiens si tu veux pas que la conversation dévie sur son chihuahua qu'elle a teint en fuchsia.

— Quelle horreur ! s'insurgea Michael.

— N'est-ce pas ?! Y a tellement de jolies couleurs… Fuchsia, pfff. Bref, enchaînons avant que ce faux pas coloriste me fiche de l'urticaire. Je suis sensible aux ondes, moi. Dès que Barbie et son cameraman sortent, c'est au tour du magazine *Rock and Roll Attitude*. Là, question peaux de vache, c'est du lourd, et…

Michael n'écoutait que d'une oreille distraite les indications que Darell lui livrait au sujet du planning des prochains jours. Il songeait avec empressement à la chasse au trésor qu'il avait organisée pour Maryline et qu'il avait hâte de pouvoir partager avec elle.

Six petits papiers disséminés à travers la ville. Six énigmes, une énigme par mois de relation. Un jeu de piste qui la conduirait dans un restaurant privatisé où Michael, en smoking, l'attendrait. Il avait tout prévu. D'ailleurs, l'heure tournait, il devait se préparer.

— On reprend demain ? fit Michael en filant dans la salle de bains.

— Évidemment, Darling, puisque je suis à ta disposition complète et entière, ronchonna l'assistant en se limant les ongles.

Michael entrebâilla la porte et y passa la tête.

— T'as pas oublié pour ce soir ?

— Tu me prends pour un poisson rouge ?

— Et pour la livraison de la robe ?

— C'est fait. Depuis vingt minutes.

— Tu es trop fort.

— Je sais, Micky Mike. Allez, dépêche-toi de te pomponner. Oublie pas la crème antirides. Maryline aime les peaux douces.

— Elle t'a dit ça ?

— Non, mais c'est logique. Qui n'aime pas les peaux douces ? Moi, par exemple, quand je touche les fess…

— Épargne-moi les détails.

— T'es vraiment une petite nature.

Michael sortit de la salle de bains. Il tourna sur lui-même.

— Alors ? demanda la star avec une pointe d'anxiété.

— Alors, si on excepte le pot de gel que tu as mis sur ta tête et qui te donne l'apparence d'un ado boutonneux sur le point d'assister à sa première boum, c'est pas complètement raté.

— Tu me flattes.

— Et toi, tu m'agresses les narines avec cette odeur de colle. Allez, viens là, je vais te remettre tout ça en place. Décidément, faut tout faire ici, tu parles d'un boulot.

Darell s'affairait à remettre d'aplomb la chevelure du chanteur quand une notification grelotta sur le portable de Michael. Un numéro inconnu lui envoyait une photo de sa propre casquette.

Le chanteur fronça les sourcils.

— C'est quoi, ma chouette au nougat ? demanda Darell, le peigne entre les dents.

— Une erreur, sûrement, répliqua Michael en haussant les épaules.

Nouvelle notification. Deux mots.

« Va voir. »

Michael, perplexe, obliqua vers le placard où étaient rangés ses couvre-chefs, nombreux, qui lui servaient à se dissimuler lorsqu'il voulait prendre l'air.

À la place de la casquette, un dessin.

De sa cafetière.

Intrigué, il souleva la machine à café. Un post-it s'en détacha. Après moult tergiversations quant à la signification du schéma qui y était griffonné, il se dirigea vers la boîte à céréales. La renversa, sans conviction.

Pour y trouver la photo de Darell, tout sourire.

Que signifiait cette histoire ?

L'image à la main, Michael revint dans sa chambre, là où l'attendait l'air de rien son assistant. Celui-ci leva les mains et, renversant la tête dans un geste digne d'une actrice de telenovella mexicaine, déclara un : « Fouille. »

— J'ai pas le temps de jouer, plaida Michael, Maryline doit arriver au restaurant dans moins d'une heure.

— Rien à faire. Fouille.

Et hop, re tête renversée, re mains en l'air.

Michael s'exécuta de mauvaise grâce, rappelant qu'il allait être en retard, tandis que Darell roucoulait des « tu chauffes » ou des « tu gèles ».

Le chanteur finit par tomber sur un porte-clés en forme de jumelles.

— C'est ça ?

— C'est ça.

— Qu'est-ce que je suis censé en faire ?

— N'insiste pas, j'ai juré d'être une tombe.

Une intuition s'empara tout à coup du chanteur. Il courut chercher la vieille paire de jumelles gisant au fin fond d'un tiroir et ouvrit sa baie vitrée.

Il balaya l'horizon.

Jusqu'à la voir. Postée sur le toit de l'immeuble en face, Maryline lui adressait un petit signe, entourée de chandelles.

Ils avaient eu la même idée.

— Vous êtes vraiment deux tordus, chuchota Darell dans son dos. Qu'est-ce que t'attends pour la rejoindre, mon perroquet ? Que la colombe s'envole ?

— J'ai gagné, dit-elle doucement quand il parvint sur le toit.

Elle était vêtue d'un jean, d'un pull et de sa veste en cuir. Elle avait reçu la robe juste au moment où elle partait, et, pour être honnête, elle n'était pas très robe.

Elle était parfaite.

Ils dînèrent d'un paquet de chips et d'un verre de soda, vue sur New York, sa circulation, ses lumières, les chandelles malmenées par le vent. Ils dansèrent l'un contre l'autre, sans autre musique que celle des klaxons et de la ville. Ils s'embrassèrent. Ils parlèrent. De tout. Mais quand, porté par l'élan de leurs échanges, il évoqua sa famille, elle s'assombrit et coupa court :

— Ma mère est morte il y a longtemps, il n'y a rien de plus à en dire.

Il n'insista pas. Après tout, rien ne devait ternir cette soirée splendide qu'il aurait voulu éternelle.

36.

Michael et Darell atterrissent sous un ciel gris et lourd d'humidité à Glasgow, où un tout petit avion les attend pour la suite du périple. Darell a un mouvement de recul devant l'appareil.

— Non ?!

— Si… lâche Michael en enfonçant son bonnet sur ses oreilles.

L'assistant blêmit. Il argumente : son cœur va lâcher, jamais au grand jamais il ne montera dans un avion plus petit que sa chambre, d'ailleurs c'est bien simple, il a un très mauvais pressentiment, il devine sa dernière heure arrivée aussi sûrement qu'il sent l'odeur du kerosène qui fuit par tous les pores du fuselage. Aucune assurance un tant soit peu sérieuse ne lui pardonnera d'avoir provoqué le destin en montant dans un engin pareil. Du coup, son assurance-vie, tiens, macache, d'autant plus que l'Écosse, ça fait loin pour les rapatriements.

Un homme heurte soudain son épaule.

— Hé, mais ça va p…

— C'est vous, les tourrristes du jourrr ?

Lunettes de soleil d'aviateur, écharpe autour du cou sur un blouson de cuir. Un accent à couper au couteau, des R s'éternisant dans le raffut des moteurs. Top Gun version écossaise. Sentant tout à coup monter en lui l'âme d'un aventurier, Darell hausse un sourcil intrigué.

— C'est fou ce que Tom Cruise avait l'air d'un nabot à côté…

— Vous dites ?

— Que vous pouvez m'appeler Darell, étant donné que c'est comme ça que je m'appelle.

L'homme leur tend une poigne forte qui n'a pas vocation à faire dans la dentelle, avant de les inviter à pénétrer dans l'avion.

Petite porte. Huit fauteuils. Un mètre soixante-dix à tout casser entre le haut et le bas de l'engin. Des trois hommes, seul Darell tient debout.

Le pilote s'installe aux commandes et dispense les consignes de sécurité.

— Les gilets de sauvetage sont dans les filets au-dessus de vous. Vous savez comment ça s'enfile ?

— On n'en aura pas besoin, de toute façon, n'est-ce pas, monsieur le pilote ?

— Ah, ça, on peut jamais savoir.

Le moteur vrombit. La carlingue tremble, quoique moins que Darell.

— Z'êtes prêts ?

— Moyen.

— Ah ah, s'exclame le pilote, la peur n'évite pas le danger.

— Ma grand-mère vous aurait adoréée.

La dernière syllabe se prolonge à mesure que l'avion prend de la vitesse, puis de la hauteur. À présent, Darell ponctue chaque secousse de petits cris de chaton apeuré.

— Tout va bien ? crie le pilote pour couvrir le bruit ambiant.

Bof, si l'on en croit le visage de Darell. Celui-ci arbore un mélange de kaki, de jaune et de rouge. Mais l'arc-en-ciel se dissipe d'un coup lorsqu'il se rend compte que de la fumée s'échappe de sous son fauteuil.

— Poussière, explique le pilote. Ça salit, mais ça fait pas mal.

Tout en saisissant discrètement son aérosol, vide, Darell sourit pour donner le change. Puis il se tourne vers Michael. Lequel se contente de regarder par le hublot sans rien dire.

Une douleur lancinante bat dans le crâne du chanteur, tout comme les questions qui ne cessent d'enfler. L'aspirine que Darell l'a forcé à ingurgiter ne lui a procuré aucun soulagement.

— C'est votre première fois à Lewis ? beugle le pilote.

— Espérons que ce ne soit pas la dernière... marmonne Darell.

— Vous dites ?

— Que ça a l'air très beau par chez vous.

Pour une fois, Darell ne joue pas la comédie : le paysage, dans cette lumière crépusculaire de début de soirée, est incroyable.

— Si vous aimez le paradis, vous êtes au bon endroit.

En dépit du brouillard, on commence à apercevoir en contrebas l'archipel des Hébrides, petites îles posées sur l'Atlantique. Une eau étonnamment claire borde un ruban de sable blanc, ourlé de prairies vert tendre. La grisaille n'atténue rien des couleurs.

L'avion amorce sa descente à travers les nuages. L'île de Lewis disparaît dans la nébuleuse pour réapparaître, toute proche, la seconde suivante.

Des animaux, occupés à paître l'herbe, dressent leur museau surpris. Quelques maisons se découpent dans le paysage.

Peu.

À Darell qui s'en étonne, le pilote répond en riant que l'île est plus peuplée de moutons que d'hommes.

— Huit habitants au kilomètre carré, roucoule-t-il, fier comme un serin, en donnant un grand coup dans le levier du train d'atterrissage.

— Vous ne vous ennuyez jamais ?

— Faut avoir grandi ici pour comprendre. On ne part d'ici que pour mieux revenir.

C'est justement ce à quoi songe Michael lorsque les pneus de l'avion rencontrent la piste de l'île. Maryline a grandi ici. Sans doute la petite fille a-t-elle couru dans ces pâturages verdoyants. À quoi pouvait bien ressembler sa vie sur ces terres ? Et pourquoi avoir quitté ce bout du monde ?

Il extirpe le portrait abîmé de Maryline de son portefeuille.

Tu n'es plus très loin de moi, semblent maintenant lui dire les grands yeux bleus.

Bleus, comme l'Atlantique. Bleus, comme le ciel, soudain.

J'arrive, répond-il du fond de son âme. *Attends-moi.*

Et, tout en triant ses émotions contradictoires, il s'efforce de faire taire la petite voix insidieuse qui s'amuse à lui rappeler que le numéro de téléphone n'est plus attribué et que le père de Maryline ne l'attend pas. Et que, ce faisant, il se peut qu'il n'obtienne jamais les réponses qui lui importent tant.

37.

19 septembre 2018 (49 minutes avant l'accident) – Le dernier concert

La nuit était tombée sur la foule en liesse. L'incroyable touchait déjà à sa fin, les musiciens entamaient la dernière chanson. Un tube planétaire.

Porté par un batteur au sommet de son art, le rythme monta en puissance et creva le ciel qui retomba en fines gouttelettes sur le public survolté, une pluie bienvenue et rafraîchissante, légère comme une bruine d'été.

Survoltés, comme habités, Josh, Teddy, Maryline et tous les autres occupaient la scène avec une force et une aisance prodigieuses. Les musiciens n'avaient jamais aussi bien joué, les danseurs aussi bien dansé, Michael, aussi bien chanté. Lorsque les premières gouttes tombèrent sur les visages, tous eurent l'impression de vivre un moment de grâce, le genre de moment qui n'arrive qu'une fois dans une vie et vers lequel semble tendre toute existence.

Quelques minutes de folie. Puis les dernières paroles dans le micro. Le dernier refrain, repris à l'unisson par la foule. Des milliers de téléphones portables brandis, comme des lucioles.

Michael était complet, là, tout entier contenu dans l'instant présent.

Il s'égosilla sur un « Merci, Dallas ! » porté par un riff rock où Josh, Maryline et Teddy mirent toute leur âme, signant ainsi l'apothéose de ce concert hors-norme. La communion entre les musiciens était à l'image de celle qui soulevait la quasi-centaine de milliers de personnes venues les applaudir.

Tandis qu'il levait les bras et qu'on l'ovationnait, Michael sentit une bouffée de reconnaissance l'envahir, reconnaissance envers la musique pour lui permettre d'être à sa place, reconnaissance envers ce public fabuleux. Il vivait un instant unique, plus grand que lui. Il y aurait un avant et un après. Peu importait ce que la vie lui réservait après ce concert, rien ne pourrait jamais lui voler ça.

Sous les bravos, musiciens, danseurs et choristes se rassemblèrent au centre de la scène. Michael saisit son Smartphone. Il fallait immortaliser ce moment.

Un selfie avec toute son équipe, sur fond de foule et de lumière.

Un instant d'éternité, pour les jours compliqués.

Des sourires béats, des regards scintillants sous les projecteurs, des secondes figées.

Juste avant la catastrophe.

38.

Après les avoir débarqués, le pilote les salue par le hublot entrouvert. En moins de temps qu'il n'en faut pour le dire, Tom Cruise l'Écossais redécolle, sous les coucous enjoués et les cils papillonnants de Darell. Lorsque l'avion est si haut qu'il n'est plus qu'une tache dans le ciel, l'assistant lâche un soupir bienheureux en se grattant la joue.

— Eh ben, s'ils sont tous comme lui, ça « prrromet ». J'ai hâte de découvrir le reste des autochtones.

— Tu risques d'être vite au parfum, rétorque Michael en désignant une grande maison au bout de l'unique chemin.

La bâtisse possède un auvent éclairé par une guirlande de lampions suspendue en travers d'une terrasse. Des hommes et des femmes y boivent et discutent fort, cheveux éparpillés par le vent, épidermes rubiconds des gens habitués aux travaux en plein air.

Des hochements de tête polis accueillent l'arrivée de Michael et Darell. Un carillon retentit quand ils poussent la porte sur laquelle une pancarte annonçant les horaires d'ouverture est suspendue. Quelques têtes pivotent sur leur passage.

C'est un établissement de taille modeste, mais il est plein à craquer. La touffeur de l'intérieur, assorti à la luminosité citron, contraste avec la fraîcheur de la côte. De toutes parts claquent des voix, des talons et des verres. Un bar, comme une parenthèse de brouhaha et de chaleur, planté sur cette île assoupie du bout du monde.

Des bouteilles d'alcool, une tireuse à bière et une caisse enregistreuse trônent à l'arrière du comptoir. Côté face, des clients sont installés sur de modestes tabourets en bois. À gauche, quatre hommes jouent au billard. À droite, un autre groupe s'anime autour d'un jeu de fléchettes. Accroché en face du bar, un écran de télévision retransmet un match de rugby. Dans un coin, un vieux juke-box prend la poussière. Une femme grande et charpentée, d'une cinquantaine d'années, coiffée d'une natte épaisse, serpente d'une table à l'autre.

Machinalement, Michael louche en direction des photographies couleur, noir et blanc, ou sépia, qui tapissent les murs. Toutes les époques y sont représentées. Il y a des paysages, des moutons, la mer, beaucoup, mais aussi des portraits, des vieux, des jeunes. Il y cherche Maryline, c'est plus fort que lui.

Après ça, Michael et Darell s'installent sur l'unique table vide et commandent des boissons : un soda pour Michael, une bière pour Darell.

— J'adore, j'adore, j'adore ! s'écrie ce dernier. Quelle ambiance ! Hein, mon sanglier ? Eh t'as vu comme ils sont beaux ? Je vais te dire, laisse-moi ici trois semaines et je peux mourir en paix.

— Eh, les étrangers, une partie de fléchettes, ça vous dit ? les alpague un homme barbu.

Michael refuse, la dernière fois qu'il a joué aux fléchettes, c'était avec Maryline, il faisait nuit, réveillon de la Saint-Sylvestre 2018.

Darell, lui, ne se fait pas prier. Il bondit de sa chaise en remontant les manches de sa chemise.

— Et comment ! Vous avez devant vous le roi de la fléchette. Que dis-je, le dieu de la cible !

— Ha ha, c'est ce qu'on va voir ! Le perdant paie sa tournée !

Darell esquisse une grimace en balayant la salle. Ils sont nombreux quand même, la note risque d'être salée. Il décoche une œillade vers Michael.

— Si c'est le copain du perdant qui paie, ça marche aussi ?

— Ça marche pareil !

En moins de deux, un cercle se forme autour d'eux. D'un côté, le rondouillard court sur pattes et chatoyant Darell ; de l'autre, une armoire à glace habillée d'une chemise à carreaux verts et d'un pantalon marron, qu'on dirait tout droit sortie d'une publicité pour un magasin de bricolage.

— Z'êtes en vacances ? s'enquiert la tenancière en apportant les consommations à Michael.

— Pas vraiment, nous cherchons quelqu'un.

— Je peux peut-être vous aider… C'est tout petit par chez nous, il se pourrait même que la personne que vous cherchiez soit ici.

— Allan Campbell.

La femme marque un temps d'arrêt. Elle humecte ses lèvres.

— J'ai son adresse avec moi si ça peut vous aider, clarifie Michael.

La femme s'installe à la place de Darell qui, à trois mètres de la cible, tire la langue dans un immense effort de concentration. Elle se rapproche de Michael. Ses lèvres s'entrouvrent d'un sourire chiffonné.

— Je sais exactement où habite Allan.

— J'ai essayé de l'appeler…

— Allan n'a plus de téléphone depuis le décès de sa fille. Il a préféré se débarrasser de l'oiseau de mauvais augure, comme il l'appelle. Il dit que le téléphone ne sait chanter que pour apporter des mauvaises nouvelles. Je peux vous demander ce que vous lui voulez, à Allan ?

— Je suis venu lui parler de Maryline.

— Laissez tomber, il refusera de vous voir.

— Je ne serai pas long, plaide-t-il.

— Ce n'est pas le problème. Vous devez comprendre qu'Allan est un homme blessé. J'ignore ce que vous êtes venus lui apprendre, mais je vous en voudrais de le briser plus qu'il ne l'est déjà. Repartez d'où vous venez, ça vaut mieux, je vous assure. Il n'a pas besoin qu'on remue le couteau dans la plaie en lui apprenant des choses qui pourraient lui faire encore plus de mal.

— Vous vous trompez, lâche Michael, je ne suis rien venu lui apprendre. C'est moi qui ai des questions.

Là-dessus, le chanteur ôte ses lunettes de soleil pour essuyer ses yeux rougis de chagrin, de fatigue et de déception.

Qui sait ce que la femme y discerne. A-t-elle reconnu Michael Wright ? ou a-t-elle seulement surpris dans le regard de l'artiste la même détresse que celle qui ronge Allan Campbell ? Toujours est-il qu'elle prononce en se relevant :

— J'allais justement lui apporter son dîner. Rejoignez-moi à l'extérieur. Je vais vous conduire.

Au moment de sortir, Michael se tourne vers Darell. Encouragé par son public, ce dernier enchaîne les lancers de fléchettes avec une dextérité toute personnelle.

Le chanteur ne l'interrompt pas. Il ressent le besoin d'être seul pour fouler ce territoire aux confins du monde. Le besoin d'être seul pour marcher dans les pas de la toute jeune Maryline et, ainsi, rembobiner le temps.

Après tout, cette quête n'appartient qu'à lui. Et ce, quel qu'en soit l'épilogue.

39.

La jeep de Margaret, la patronne du bar, avale les mètres en longeant la côte. Les têtes brinquebalent dans l'habitacle à la faveur du terrain accidenté, les narines sont chatouillées par une odeur de viande fumée et de pommes de terre cuites au lard.

Michael se cramponne à la poignée.

La tenancière parle. Depuis la mort de Maryline, elle apporte quotidiennement un repas chaud à Allan, pour s'assurer, dit-elle, qu'il ait quelque chose de copieux à se mettre sous la dent au moins une fois par jour. Elle redoute en effet que le vieil homme se laisse dépérir. Lui qui a été l'un des piliers de la communauté n'a aujourd'hui plus goût à rien. Il a abandonné toute vie sociale et passe ses journées sur la plage à regarder les flots aller et venir sur le sable. Il s'inflige sa propre solitude, miné par des remords. Elle en ignore la cause, elle devine que ça a à voir avec Maryline.

À ces mots, Michael ne peut s'empêcher de tiquer. Les remords, il connaît, il en est pétri. Maryline serait encore en vie si…

Toute l'indécence de sa démarche lui saute brusquement aux yeux. Lui, le coupable, le meurtrier en quelque sorte, s'apprête à demander des comptes à la victime. Dans sa recherche éperdue de réponses, il a oublié que, par sa faute, un autre homme a tout perdu, un père désormais orphelin de sa fille.

À cet instant, il se déteste. À tel point qu'il s'apprête à renoncer. Dans une seconde, il va demander à la femme d'immobiliser le véhicule pour qu'il puisse en descendre, il va regagner le bistrot, le petit avion, New York, retrouver son gratte-ciel, son piano sans musique, son coffre-fort et l'odeur imperceptible, évanouie déjà, de Maryline.

Quand, soudain, il aperçoit l'homme.

— C'est Allan, dit la femme.

Michael l'aurait reconnu même sans cette précision. Quelque chose dans son profil, le nez…

C'est trop tard, le chanteur ne peut plus se défausser. D'une manière ou d'une autre, Maryline l'a guidé jusqu'ici, jusqu'à son père qui, juché sur un petit monticule de sable, ne regarde que l'eau. C'est une sensation difficile à décrire, une conviction en forme de ressenti.

— Je vous laisse là, prononce Margaret en lui tendant le plat. Remettez-lui ça de ma part, ça vous fera une entrée en matière.

Il ignore s'il doit la remercier ou, au contraire, lui en vouloir de le mettre ainsi devant le fait accompli. Parce qu'à cette seconde, il ne désire rien d'autre que se faire tout petit.

Le temps passe, la jeep s'éloigne.

Interdit, Michael observe Allan. À dix mètres de là, le grand homme voûté, vieilli prématurément, garde les mains au fond des poches et les yeux rivés à l'horizon. Il ne paraît pas avoir entendu la voiture.

Michael s'approche, s'armant de mille précautions pour ne pas brusquer l'instant fragile. Une légère bruine humidifie l'air, un arc-en-ciel se pose avec douceur sur l'eau et accompagne le déclin du soleil.

— Monsieur Campbell ?

Les nœuds dans sa gorge empêchent Michael de parler fort et de couvrir le vacarme de la mer. Pourtant, l'autre se tourne lentement, désorienté, comme réveillé d'un sommeil profond. Des mèches blanches pirouettent sur le dessus de sa tête. Le pan droit de sa veste se gonfle sous le vent comme une voile sur le point de prendre le large, retenue toutefois par une ancre trop lourde. Au loin, des moutons bêlent.

— Qui êtes-vous ? tonne-t-il brusquement.

Michael enlève son bonnet et le tient, en boule, entre sa poitrine et le plat de viande. Ses cheveux s'agitent. Le crachin cingle sa peau.

— Je m'appelle Michael, répond-il un peu fort, afin que le vent n'emporte pas l'essentiel. J'aimerais discuter avec vous.

— Je n'attends pas de visite, je n'ai rien à vous dire.

— Margaret m'a donné ça pour vous.

Aucun des deux n'avance. Les paroles s'échangent de loin en loin, dans le sillage des cris des mouettes.

— Vous connaissez Maggie ? demande l'homme avec, maintenant, une pointe de curiosité.

— Pas vraiment, mais elle a l'air de beaucoup tenir à vous. Je crois qu'elle serait déçue que vous refusiez de manger.

Allan se frotte la bouche de la paume. Soupire. Descend de la petite butte pour obliquer, d'un pas lourd, vers Michael. Des gerbes de sable jaillissent de ses semelles.

À présent qu'ils sont proches, Michael note qu'ils sont de taille à peu près identique. Il déduit, au vu de la courbe de son dos et de l'affaissement de ses jambes, qu'Allan a dû, jadis, être une force de la nature. Michael se trouble en remarquant que les yeux bleus de l'homme sont aussi vides que ceux de Maryline après que la vie s'en est échappée.

— Je m'appelle Michael Wright, insiste le chanteur, au bord des larmes. J'ai bien connu votre fille… J'étais très amoureux d'elle. Je… enfin… je suis désolé pour ce qui est arrivé.

Il se rend compte que c'est dérisoire. Rien de ce qu'il pourra prononcer n'atténuera le manque et la peine. Il se sent idiot à côté de cet homme digne, ancré dans sa terre, qui ne pleure pas et observe un silence de cathédrale. Lui qui fait vibrer des dizaines de milliers de spectateurs dans les stades n'est plus, face au chagrin de ce père, qu'un tout petit garçon.

Les secondes passent. Des secondes d'embruns, de flots et de vent dans les herbes hautes. Autant de siècles pour Michael qui n'ose lever les yeux. Puis le chanteur sent la main de l'homme se poser sur son épaule. Une main large et flétrie, une main de ciel, de soleil, de sel et de brume.

— Maggie en prépare toujours beaucoup trop, prononce-t-il avec son accent si caractéristique. On ne sera pas trop de deux pour venir à bout de ce plat.

Michael acquiesce, le visage rayonnant de reconnaissance.

Dos à l'océan, ils empruntent un petit ruban de terre menant à une modeste maison dont les volets, dévorés par la mousse et l'air salin, grincent tranquillement.

Michael ne peut s'empêcher d'imaginer la petite Maryline assise là, sur le muret avachi, ou bien perchée sur la cabane à moitié démantibulée que l'on aperçoit dans le grand arbre.

Allan ouvre la porte. Un feu crépite dans l'âtre. Autour de la cheminée, un canapé, une table basse, une petite lampe. Des photos plantées sur des napperons. Jaunies, postures figées d'un autre temps, une gamine aux grands yeux bleus dans les bras d'un grand bonhomme, une femme gracile et souriante tenant un bébé sur les genoux.

L'homme ôte ses chaussures et sa veste. Dans la cuisine, il dispose deux verres, des couverts. Sert les deux assiettes.

— Dîner tôt ne vous dérange pas ?

Pour une raison qui lui échappe, l'homme impressionne Michael. Alors, comme l'émotion est grande, le chanteur se contente de secouer la tête et de s'asseoir face à lui.

Ils dînent, mutiques, fourchettes contre faïence, glouglous de l'eau versée dans les verres, crépitements du feu dans la cheminée.

Dix fois, Michael veut engager la conversation. Dix fois, il rétropédale. L'homme en impose, sa douleur lui vrille le cœur.

Il n'est pas facile de rapprocher les rochers.

40.

24 août 2018 – Souvenirs

Ce matin-là, l'équipe était réunie dans le studio de répétition pour faire un dernier point avant le grand départ. La série de concerts démarrerait dans moins d'une semaine. Un mois à sillonner les États-Unis, avant de remplir les plus grands stades du monde. Paris, Tokyo, Toronto, Shanghaï, Johannesburg, Londres.

Tic-tac. Tic-tac. Tic-tac.

C'était le rythme que se plaisait à imiter Josh sur sa batterie pour montrer son exaspération. Teddy bâillait à se décrocher la mâchoire. Les choristes se partageaient des chewing-gums. Michael trifouillait son piano. Darell chantonnait des chansons issues de *Dirty Dancing.*

— Quelqu'un pour faire taire Mariah Carey et sa chemise à fleurs, s'il vous plaît ? s'énerva soudain Josh.

— Dis donc, mon troubadour, riposta Darell, t'es pas à prendre avec des pincettes aujourd'hui.

Les baguettes de Josh dégringolèrent sur le sol. Le batteur bondit sur ses pieds.

— Y en a que j'en ai ras le bol de l'attendre. Ça fait déjà plus d'une heure. Franchement, Michael, c'est plus possible, faut que tu fasses quelque chose.

— Elle va arriver, assura Michael, le plexus gonflé d'inquiétude.

Dix fois, il avait essayé de l'appeler. Dix fois, son téléphone avait sonné dans le vide.

— C'est ça, ouais, on peut touj…

Maryline apparut tout à coup dans le studio et les mots de Josh restèrent en suspension, coincés quelque part entre les émanations du parfum à la vanille de la jeune femme et un courant d'air. Sans se préoccuper du froid que son entrée avait jeté dans la pièce, la jeune femme balança sa veste en jean et son sac élimé sur le canapé en cuir noir.

— Salut, la compagnie.

— Encore en retard, siffla Josh en ramassant ses baguettes.

— Ouais, je sais, les gars, j'ai pas vu le temps passer, je suis désolée.

— T'es toujours désolée… soupira Teddy.

Elle le mitrailla du regard.

— Tu voudrais que je te supplie de me pardonner ?

— Non, on voudrait juste que tu respectes le fait qu'on a tous une vie et qu'on peut pas la passer à t'attendre, répliqua Josh en détournant les yeux.

— Ça va, les gars, temporisa Michael, elle est là, c'est ce qui compte. On fait de la musique ou on part sur un débat interminable ?

Le chanteur détailla Maryline tandis qu'elle se mettait en place. Elle semblait épuisée et portait un sweat-shirt ample, détonnant dans la chaleur du mois d'août.

Ils ne s'étaient pas revus depuis qu'elle l'avait prévenue qu'elle ne pourrait pas participer au *Ellen Degeneres Show*, le 19 août dernier. Leurs échanges, depuis, avaient été parcimonieux. Elle louvoyait sans cesse.

À son regard qui s'efforçait de ne pas croiser le sien, il voyait bien que quelque chose la turlupinait, mais quoi ? Quand elle attrapa sa basse, la manche de son sweat-shirt se releva. Elle tenta de la rabaisser, mais c'était trop tard.

— Ah, mais voilà la cause de ce contretemps ! s'écria Darell en saisissant le poignet de la jeune femme enserré dans du papier lyophilisé. Mazette ! Montre-moi cette petite merveille…

— Ça vous ennuie qu'on commence ? râla Josh.

— Josh a raison, on a du boulot, balbutia Maryline en récupérant son bras.

Elle décocha une œillade en biais à Michael. Il lui sourit pour désamorcer le malaise qu'il sentait pointer.

N'empêche, il avait eu le temps de lire ce que son tout nouveau tatouage disait. Des mots qui le laissèrent perplexe.

« Qui ne sait pardonner ne sait aimer. »

41.

Son assiette terminée, Allan Campbell s'essuie la bouche avec un coin de serviette. Il propose une pomme à Michael, en prend une pour lui, l'épluche minutieusement à l'aide de son couteau. Les épluchures tombent dans l'assiette.

— Vous connaissiez ma fille depuis longtemps ? demande-t-il sans regarder le chanteur.

— Nous avons travaillé ensemble pendant presque huit mois.

— C'était une bonne musicienne…

— Elle avait beaucoup de talent, confirme Michael, heureux de parler de Maryline avec quelqu'un qui la connaissait réellement. Elle était la meilleure bassiste que j'ai jamais rencontrée.

L'homme pose le quartier de pomme au bord de son assiette.

— La musique était toute sa vie, admet-il dans un sourire songeur. Depuis toute petite. Elle tenait cette passion de sa mère. Ma femme était une musicienne hors du commun. Elle lui a légué son don. À la mort de mon épouse, Maryline s'est mise à la guitare, elle s'enfermait toute seule dans sa chambre pendant des heures. Je l'entendais gratter les cordes et râler quand elle ratait ses accords. Et elle ratait souvent…

Tandis que les souvenirs flottent dans l'air comme des grains de poussière piégés dans un faisceau de lumière, Michael esquisse un sourire, les yeux dans le vague. Il n'a aucun mal à imaginer Maryline pester. C'est, entre autres, son impétuosité qui l'a séduit.

Soudain, l'homme s'éclaircit la gorge. Le ton change.

— Pourquoi êtes-vous venu jusqu'ici ?

Par où commencer ? C'est si long à expliquer. Michael tourne autour du pot, il cause de tout et de rien. Mais le vieillard le coupe net en repliant sa serviette :

— Que cherchez-vous vraiment, monsieur Wright ? J'ai beau être vieux, je ne suis pas sénile. Je suis certain que vous n'ignorez pas que ma fille et moi étions brouillés depuis des années. On peut donc penser que d'une certaine manière, vous la connaissiez mieux que moi. Je ne peux pas vous parler de la femme qu'elle est devenue, seulement de la petite fille et de l'adolescente qu'elle était. Ça oui, je m'en souviens parfaitement, je n'ai absolument rien oublié. Des souvenirs, c'est tout ce qu'il me reste.

Là-dessus, le père s'affaisse un peu.

— À nous deux, nous pourrions faire le lien et reconstituer Maryline en entier, essaie Michael, tout en fustigeant mentalement sa maladresse.

Il s'attend à une volée de bois vert quand l'homme remballe son couteau. Il n'en est rien. Juste du silence.

— Monsieur Campbell, poursuit Michael en baissant la voix, penaud, accepteriez-vous de me raconter pourquoi votre fille et vous étiez fâchés ?

Silence. Encore.

— Je ne l'ai jamais raconté à personne, vous savez. J'étais trop fier. À présent, ma fierté et moi, on a l'air de deux pauvres couillons. Les gens ne me demandent rien parce qu'ils ont peur de me faire mal. En réalité, la seule chose qui m'atteint encore, c'est justement qu'aucun d'eux n'ose me parler de Maryline. Comme si ma fille, leur voisine, leur élève, n'avait jamais existé. Remarquez, je ne leur en veux pas, tout ça part d'un bon sentiment. Ma fille est morte sans que je puisse aplanir les choses avec elle. Je mourrai avec mes remords, c'est mon affaire, c'est tant pis pour moi. Je serais pourtant le dernier des idiots si je n'atténuais pas votre peine à vous, sous prétexte que tout est fichu pour moi. Mais avant que je vous raconte, je veux que vous gardiez à l'esprit le souvenir de ma fille telle que vous l'avez connue. Ça ne doit rien changer à l'image que vous avez d'elle. Cette histoire est une vieille histoire qui a ressurgi il y a peu quand elle m'a appelé, après tout ce temps. Je n'ai pas voulu l'écouter. Que voulez-vous, j'ai eu l'arrogance de croire que Maryline était éternelle…

Il pousse la chaise avec ses pieds et se met debout.

— Suivez-moi, je vais vous montrer sa chambre.

42.

Les deux hommes montent l'escalier. Allan se cramponne à la rampe et se hisse sur chaque marche avec difficulté. Michael, lui, calque son pas sur le rythme du sexagénaire. Parvenu au seuil de la chambre, l'homme abaisse la poignée d'une porte en bois peint. Celle-ci s'ouvre sur une pièce baignée de pénombre d'où s'exhale une forte odeur de renfermé.

Allan traverse la salle et rejoint la fenêtre. Il tire les volets et appuie sur un interrupteur : une lampe et une guirlande lumineuse tendue par des morceaux de scotch jaunis redonnent vie à la chambre.

Apparaissent un petit lit aux draps enfantins, un bureau jonché de livres de classe sur lesquels est écrit, à la main, le nom de Maryline, des cahiers, un agenda scolaire portant la marque de l'année 2005, une pochette en carton griffonnée de messages. Au mur, des posters de stars de l'époque, des photos d'adolescents. Une guitare aux cordes tordues est posée à la verticale sur son socle.

— Tout est resté en l'état, je n'ai pas eu la force de modifier quoi que ce soit. La dernière fois que Maryline est entrée dans cette chambre, c'était encore une toute jeune fille, elle avait 16 ans. Elle était comme sur ces photos, les cheveux châtains tout raides qui lui tombaient jusqu'au milieu du dos, de grands yeux bleus.

Il est difficile pour Michael de retrouver dans ces portraits d'un autre âge la Maryline dont il est tombé amoureux. La jeune fille sage de papier n'a pas grand-chose en commun avec la femme au bras tatoué et aux cheveux platine coupés à la garçonne.

Sur les photographies, elle arbore un visage plus plein, des pommettes nettement moins marquées, une rondeur que Michael ne lui connaît pas.

— Elle avait 15 ans quand c'est arrivé, commence Allan en s'asseyant sur le lit après en avoir épousseté machinalement le drap. À cette époque, elle fréquentait un lycée de Glasgow et elle ne rentrait que le week-end à la maison. Elle est arrivée un vendredi en larmes. Il m'a fallu attendre le dimanche soir pour comprendre qu'un petit enfant poussait dans le ventre de mon enfant à moi. J'étais désemparé, en colère aussi. Comment avait-elle pu se montrer si inconséquente ? Et puis, je dois l'avouer, il m'était pénible d'imaginer ma toute petite fille dans les bras d'un garçon. Que voulez-vous, elle était si jeune, et moi, je ne l'avais pas vue grandir. Ma fille avait 15 ans, elle avait la vie devant elle, ce bébé n'avait pas sa place, ni dans son existence ni dans la mienne. Imaginez, qu'allaient penser les gens ? Vous l'avez constaté, nous habitons un endroit minuscule, on vit et on meurt ensemble. J'étais une petite personnalité ici, quelqu'un qu'on écoutait, à qui on demandait conseil. D'un seul coup, je me retrouvais dans la position d'un père qui n'avait pas su élever sa fille. Je refusais qu'on la voie pour toujours comme une petite dévergondée, comme je refusais qu'elle paie toute sa vie le prix d'une erreur de jeunesse. Comme il était trop tard pour avorter, nous avons dissimulé sa grossesse.

Abasourdi, Michael se laisse tomber sur la chaise à roulettes face au bureau. De l'autre côté de la fenêtre, le ciel déploie ses étoiles sur la plaine. Chose rare sur l'île, on discerne la voie lactée. La mine d'Allan s'étire en un sourire douloureux.

— Par chance, il fait suffisamment froid ici pour supporter des pulls toute l'année. Si vous ouvrez le placard, vous y trouverez encore les grands sweat-shirts qu'elle utilisait à cette époque pour se camoufler. Nous étions convenus qu'un accouchement discret suivi d'un abandon serait non pas la meilleure solution, mais l'unique. Je dis « nous », mais, en réalité, je me suis montré très persuasif. Comprenez-moi, il fallait que je l'aide : Maryline était paniquée, c'est une lourde responsabilité pour une adolescente. Je m'étais débrouillé, tout était arrangé. Lorsque est arrivé le moment de l'accouchement, elle m'a avoué qu'elle avait changé d'avis. Mais…

Allan Campbell marque une pause. Il regarde le plafond, à la recherche des mots adéquats.

— … mais vous n'en avez pas tenu compte… bredouille doucement Michael.

Nul jugement dans son intonation. Plutôt la volonté d'aider un homme à se confesser. Allan embraye :

— Cousu de fil blanc, n'est-ce pas ? Histoire classique d'un père idiot qui imagine qu'il sait mieux que sa fille ce qui est bon pour elle. Résultat, le petit garçon lui a été enlevé quelques minutes seulement après sa naissance. Lorsqu'elle a compris qu'elle ne le reverrait pas, elle s'est mise à me détester. Une violence que vous n'imaginez pas.

Si, Michael l'imagine. Maryline était un animal sauvage.

— Une semaine plus tard, continue Allan, elle avait fugué. Elle m'a laissé une lettre. Je l'ai toujours. Je lui en ai beaucoup voulu. Son immaturité m'a rendu fou. J'attendais qu'elle revienne… Elle n'est jamais revenue. Elle était têtue. Je le suis sans doute autant qu'elle.

— Vous ne vous êtes jamais demandé ce qu'elle devenait ?

— Oh, j'avais de ses nouvelles de temps en temps par des connaissances qui me racontaient qu'elle était musicienne. J'étais sincèrement heureux pour elle. Après tout, elle avait réalisé son rêve, même si cela avait été au prix de son départ et de nos liens distendus. Voyez-vous, au fond, cela confortait mon choix : sans ce bébé, elle était épanouie. Et puis, par un beau matin d'août, elle m'a appelé. C'est la dernière fois que j'ai entendu sa voix.

— Elle vous a appelé ? s'étonne Michael.

— Vous l'ignoriez ?

Michael opine d'un air résigné, il l'ignorait oui, comme il ignorait qu'elle avait appelé Joe Mitchell. Dehors, une chouette hulule.

— Il faut croire que ma fille était encore plus secrète que ce je pensais. Elle venait de rencontrer l'homme.

L'homme, se répéta Michael. Le voile autour de l'inconnu est sur le point de se soulever.

Allan bégaie, l'émotion abîme sa voix :

— Le père adoptif de son fils, un cardiologue anglais installé dans le sud de la France. Il a mis plus d'une année à la retrouver… Il lui a passé un coup de fil et lui a donné rendez-vous quelques jours après du côté de Cannes ou de Nice, je ne suis plus très sûr, pardonnez-moi, la géographie française m'échappe. Elle l'a donc rencontré. Il a dit vouloir lui présenter son fils. Elle lui a répondu qu'elle allait réfléchir. Elle voulait mon avis. Je lui ai déconseillé de croiser ce gamin, je lui ai répondu que ça ne pouvait que la déstabiliser et remettre en cause tout ce qu'elle avait construit. Et que cet enfant, de toute manière, ne serait jamais le sien. Ce n'était manifestement pas la réponse qu'elle attendait, elle m'a raccroché au nez, après m'avoir dit que je ne comprenais décidément rien à rien, que je ne changerai jamais. Je ne sais pas si elle l'a finalement vu…

Allan renifle. De ses yeux, ses grands yeux bleus embués de chagrin, s'échappent des larmes discrètes qui s'écrasent sur les draps aux personnages de dessins animés.

— Juste avant de raccrocher, elle m'a dit…

Une pause, des larmes encore. Allan Campbell passe une main tremblante sur sa joue. Dès qu'il en est capable, il balbutie d'une voix rauque, maintenant déformée par les sanglots :

— Figurez-vous qu'ils l'ont appelé Allan… Allan… Vous arrivez à y croire, vous ?

Michael n'en revient pas. Ni de ce qu'il vient d'apprendre, ni de ce que la vie peut parfois se montrer si tragiquement ironique.

Brusquement, la honte d'avoir douté de la sincérité de Maryline le submerge. Et, aussi, l'intuition profonde que cette histoire n'a pas encore atteint son épilogue.

— Je vendrai mon âme au diable pour connaître cet enfant, articule Allan, comme s'il lisait dans ses pensées. Qui sait, il a peut-être ses yeux…

— Et les vôtres…

Allan balaie ces mots d'un geste pudique. Il se lève en se tenant le dos, s'accoude au rebord de la fenêtre, contemple une seconde la voûte céleste et adresse un sourire contrit au chanteur. Puis il prend une inspiration :

— Accepteriez-vous de me raconter les derniers moments de ma fille ?

Voilà, on y est, à ce moment précis que la star redoute et réclame tout à la fois. Le temps est venu d'exposer ses erreurs, de se mettre à nu. Michael n'a encore parlé à personne de cette seconde où tout a basculé. Jamais. Qui sait, Allan Campbell le mettra peut-être à la porte sitôt qu'il connaîtra la vérité. C'est un risque que Michael est prêt à prendre. L'homme lui a ouvert son cœur ; Michael lui doit, au minimum, l'honnêteté de ne pas louvoyer.

Il se lance. Narre le concert. Les milliers de téléphones portables. Cette photo qu'il a prise et qu'il n'a jamais pu regarder. Explique tout, sans filtre.

La révélation. Les petites phrases. L'enchaînement. L'autocar. Le groupe, grisé par cette folle soirée. Les chants à l'intérieur. La vitesse. La nuit.

Le vide. Les remords acides.

Et il se tait. Les mots flottent dans la chambre et retombent sur le tapis élimé, les fournitures du bureau et l'agenda 2005 de l'adolescente. Face à lui, Allan demeure sans réaction. Est-il choqué par l'aveu ? Furieux, peut-être, de savoir que tout aurait pu être différent ?

Michael regrette ses paroles. Gorge sèche, mains moites, ventre tordu d'anxiété, il attend la sentence. Les secondes s'élargissent sur son angoisse. Comme le silence est insupportable, il ajoute, les lèvres tremblantes, le cœur écorché :

— Pardon.

Là encore, rien ne vient.

— Bien, tousse finalement Allan, si vous n'y voyez pas d'inconvénient, je vais vous ramener chez Maggie pour la nuit. Il se fait tard et j'ai tendance à fatiguer plus vite qu'avant.

Minable, Michael opine, les yeux cramponnés aux boucles de la moquette. Il est mortifié : il n'y aura pas d'absolution.

43.

19 septembre 2019 (44 minutes avant l'accident)

À présent, les gens tapaient des pieds et battaient des mains, réclamant à cor et à cri un dernier tour de piste. Le vent s'engouffrait sous le tee-shirt humide de Michael. L'eau, mêlée à la sueur, imbibait ses cheveux. Sa poitrine montait et descendait. Il était sans voix, submergé.

Un coup d'œil à ses musiciens, à Maryline. Elle acquiesça en se remettant en place. La basse reprit alors possession du public, et la guitare, et la batterie, pour le rappel.

Et voilà qu'on entonna encore le refrain, plus fort, plus intensément que jamais. Juste avant de descendre de la scène : il fallait bien que ça s'arrête un jour.

En coulisse, des assistants jetèrent des peignoirs sur leurs épaules.

— Ma morue, tu étais… tu étais… non, mais vraiment, c'était…

Darell en avait les larmes aux yeux.

— Merci, mon ami, lui répondit Michael, sincèrement touché.

Et, alors que tous marchaient rapidement pour gagner les loges sous les applaudissements et les félicitations des techniciens, Maryline intercepta Michael. Ses yeux brillaient d'une étrange lueur. Michael imagina que c'était dû au concert exceptionnel. À l'adrénaline. À cet incroyable déferlement d'énergie.

— Michael, il faut que je te dise…

Ce dernier, gêné qu'on puisse les voir ensemble, mal à l'aise depuis son échange avec Marc (« Pas une fille pour toi »), n'osait pas la regarder. Ce qu'il s'apprêtait à lui annoncer lui tordait le ventre. Ce n'était ni l'endroit ni le moment pour une rupture, mais elle ne lui laissait pas le choix. Elle comprendrait. Enfin, il l'espérait.

Il lui prit la main, bredouilla :

— Maryline, je suis désol…

— Je suis enceinte.

Michael eut un temps d'arrêt. Une moitié de seconde durant laquelle les mots se frayèrent un chemin jusqu'à son cerveau et s'emboîtèrent pour faire sens.

— Quoi ? Mais comment c'est possible ?

— Je vais pas te faire un dessin, s'amusèrent les grands yeux bleus.

Le chanteur ne sourit pas. Au lieu de ça, il prononça, mortifié, en jouant maladroitement avec la ceinture de son peignoir :

— Qu'est-ce que tu comptes faire ?

Un voile d'incompréhension recouvrit la mine un peu penchée de Maryline.

— Qu'est-ce que tu veux dire ? souffla-t-elle tandis que se formait une petite ride verticale entre ses sourcils.

Michael était désemparé. Perdu. Ne pas flancher, rester droit dans ses bottes, s'en tenir à sa décision, la bonne, la seule, malgré l'annonce. Un bébé, pourtant, ça changeait tout. Un bébé, avec elle, un bébé qui aurait ses yeux, sa force et sa fragilité.

Marc apparut alors au bout du couloir, à dix mètres de là. Tout en serrant des mains et en étreignant des musiciens pour les congratuler et louer leur prestation, le producteur décocha une œillade en biais au couple. Un regard noir, aiguisé, aux allures de coup de poing.

Michael passa des yeux noirs aux yeux bleus. Des yeux bleus aux yeux noirs. Oscilla, funambule sur un fil tendu entre deux raisons de vivre.

Une seconde. Dix. Une éternité.

Maryline rabattit ses bras sur sa poitrine.

— Je comprends, dit-elle tristement.

Ni esclandre ni coups. Juste la voix chevrotante d'une résignation.

— Je suis désolé, murmura Michael.

Elle secoua le menton et pinça les lèvres en regardant le plafond.

— C'est rien. Rien du tout.

Puis, elle articula dans un sourire caillou :

— C'était un sacré concert…

Là-dessus, elle rejoignit les autres, le pas lourd contrastant avec son insouciance habituelle, tandis que Michael demeurait sur place, cloué au sol, fustigeant sa propre lâcheté.

— Michael, un autographe, s'il vous plaît !

Il se tourna vers la voix. Deux jeunes filles, une blonde, une brune, gloussaient et piaffaient d'excitation. Autour de leur cou, un badge indiquait un accès illimité aux *backstages*.

Il les regarda à peine et signa la photo qu'elles lui tendaient d'un geste machinal. Il n'avait qu'une seule envie : s'enfermer dans sa loge, seul, pour méditer sur la perte de l'amour de sa vie.

44.

La vieille voiture d'Allan s'ébranle dans la nuit placide. Lorsqu'ils parviennent devant le troquet au terme d'un voyage sans paroles, le vieil homme coupe le contact. Des insectes voltigent dans le faisceau des phares. Au loin, le sémaphore promène son pinceau de lumière sur la mer.

La rumeur du bistrot s'invite dans l'habitacle.

— Soyez en paix, Michael. Vous êtes quelqu'un de bien, articule tout à coup Allan en fixant un point droit devant. Vous avez réussi là où moi j'ai échoué : vous avez rendu ma fille heureuse.

Michael baisse la tête et ferme les yeux. Pas guéri, mais un peu apaisé. Troublé, il a tout à coup envie d'étreindre cet homme. Il y renonce cependant, décontenancé par la pudeur de ce père blessé. Il voudrait déclarer quelque chose, lui rendre la pareille avant de mettre un terme à cette rencontre déstabilisante et providentielle. À défaut d'autre chose, il le remercie.

Empêtré dans ces mots qui se refusent, Michael ouvre ensuite la portière et pose un pied sur le chemin de terre.

Les graviers craquent sous les semelles de ses baskets au moment où une réminiscence salvatrice s'invite :

« Qui ne sait pardonner ne sait aimer. »

Alors, il balbutie :

— Soyez tranquille, monsieur Campbell, votre fille vous avait pardonné.

L'homme ne moufte pas, mais une infime lueur traverse son regard. L'amorce d'un sourire. Puisqu'ils se sont maintenant tout dit, ils se font un petit geste de la main et se saluent avec retenue.

Michael suit des yeux la voiture qui repart en sens inverse. Une fois celle-ci hors de portée, il enfile son bonnet, enfonce ses mains dans ses poches et grimpe les trois marches de la terrasse. Au passage, il lance une pichenette à une ampoule qu'un mauvais contact maintenait dans l'obscurité. La lumière revient.

Il ignore ce qu'il va pouvoir faire de sa vie. Il songe que cette terrasse est bien jolie.

De l'antique juke-box montent en sourdine de vieux morceaux de John Denver, à moitié couverts par les invectives, les rires, le vacarme des cannes contre les boules de billard et les encouragements qu'une dizaine de personnes, accoudées au comptoir, beuglent sur l'écran de télévision.

Ça sent bon la friture. Ça sent bon la vie.

— Ah, ma côtelette d'amour, te voilà ! déclame Darell dont la chemise ouverte jusqu'au nombril laisse apparaître le torse jallonné de poils. Figure-toi que je n'ai pas arrêté de perdre depuis ton exil je ne sais où.

À voix basse :

— J'aime autant te dire qu'ils ont du gosier par ici, et que la note va être salée. C'est bizarre, hein, j'ai cru que je n'allais en faire qu'une bouchée. Mais, que veux-tu, il faut croire que je joue de malchance avec ces maudites fléchettes…

— Mince, Darell, tu exag…

— Tttt, t'emballe pas, ma cousine, j'ai une solution, fais-moi confiance, tu vas pas en revenir. Y en a là-dedans, ajoute l'assistant en désignant sa boîte crânienne.

À voix haute de nouveau :

— Mesdames et messieurs, voici celui qui va payer les cinq tournées générales que je vous ai promises.

— Six… rectifie quelqu'un.

Darell hoche la tête et se fend d'une moue grimacière en guise d'approbation.

— Je vois qu'on tient la facture à jour sur ma droite, vous avez raison, les bons comptes font les bons amis. Pour la peine, et pour vous montrer ma bonne volonté, je suggère qu'on passe à sept.

Des applaudissements. Des sifflements. Relégué au second plan, le match qui se déroule sur l'écran n'intéresse plus que des dos et des nuques. L'assistant accueille les acclamations en dodelinant de la tête et en battant des mains pour stimuler son auditoire. Soudain, d'un geste de l'index, il coupe court à la clameur et s'époumone, en montrant Michael.

— Quitte ou double !

Silence. Sourcils froncés. Mines dubitatives.

— Non seulement l'homme que vous voyez là est plein aux as, ajoute Darell sans s'émouvoir, mais en plus il est sacrément bon aux fléchettes. Le *deal* est on ne peut plus simple, mes amis : si l'un de vous le bat, on passe à dix tournées générales. Si, par contre, il gagne trois parties de suite, on annule tout. Ça vous paraît équitable ?

Michael s'étrangle en sourdine pendant que, indifférent aux atermoiements de son patron, Darell continue :

— Alors, qui d'entre vous se sent de lui mettre une fessée ?

Personne.

— Voyons, ne me dites pas que vous craignez cet homme affublé d'un bonnet en peau de chameau qui n'assume pas sa calvitie ?

— Moi, je tente le coup, déclare Margaret d'une voix rauque.

Elle confie d'autorité son plateau rempli à un client, soulève sa natte et, souveraine, fend l'assemblée dans un concert d'applaudissements et de sifflets. On n'entend plus ni la voix, ni la guitare de ce pauvre John Denver qui s'égosille en vain dans son juke-box.

— J'en suis aussi, fait une octogénaire en boitillant vers le centre de la salle, dentition disparate mais sourire éclatant.

— Allez, allez, chers autochtones. Voyons, pas un seul homme pour relever ce défi ? Trois ou rien, n'oubliez pas...

Les hommes se regardent, vaguement vexés d'être coiffés au poteau par ces deux femmes. Pourtant, aucun d'eux ne bronche.

Tant mieux, se dit Michael, heureux d'avoir échappé de justesse à ce défi idiot. La journée a été riche, il ne désire rien d'autre que se couler dans les draps de sa solitude pour penser tout son saoul à Maryline. Il est sur le point de demander à Maggie les clés d'une chambre lorsque, brusquement :

— J'en suis !

Tout le monde se tourne vers la voix qui a prononcé ces trois mots. La sidération, des chuchotis, puis des tapes sur l'épaule, accompagnent l'entrée d'Allan Campbell.

Celui-ci marche d'abord en direction de la tenancière, à qui il rend le plat vide :

— Ton ragoût était à tomber.

Margaret récupère son plat, médusée. L'homme se tourne ensuite vers Michael :

— J'espère que la défaite ne vous effraie pas, jeune homme. À 20 ans, j'étais champion régional, précise-t-il en pointant une coupe dorée qui trône sur une étagère à côté des photos, pas très loin du juke-box. Ça fait un bail, mais, avec un peu de bol, il me reste deux trois trucs dans les doigts.

Salves d'applaudissements.

— Que le meilleur gagne ! s'égosille Darell en écartant les bras à la manière d'une chanteuse lyrique au faîte de son art. Ou, comme vous dites ici, que le meilleurrr gagne !

Juste avant de s'éclipser en direction du pilote qui vient d'apparaître dans l'encadrement de la porte, l'assistant tapote l'avant-bras du chanteur.

— Tu vois, ma crevette, il faut croire au père Noël de temps en temps.

Michael hoche la tête, pensif. Il songe que voir le père de Maryline revenir à la vie est un cadeau qu'il n'espérait pas.

Que Darell est un drôle de type doté de drôles d'intuitions. Un ami précieux.

Que rien, au fond, ne presse.

45.

19 septembre 2019 (21 minutes avant l'accident)

Partout, on hurlait des « Michael ». Des cris que l'artiste n'entendait qu'à peine, une gloire dont il ne jouissait pas : son cœur était ailleurs, cramponné à Maryline et au sacrifice qu'elle lui avait consenti. Ou, plutôt, qu'il lui avait infligé.

À deux mètres de lui, la jeune femme se prêtait au jeu des autographes et des selfies avec un professionnalisme aiguisé. À la voir ainsi répondre aux sollicitations à la sortie du stade, personne ne pouvait deviner la déception qui la rongeait. Mais Michael, lui, savait. Il la connaissait trop pour ne pas voir ses yeux crénelés de rouge et les coulures de mascara qu'elle avait essuyées à la va-vite aux toilettes.

Poussé par les gardes du corps qui tentaient de contenir la foule monstrueuse massée de part et d'autre du mince cordon de sécurité, il n'avait d'yeux que pour la jeune femme qui progressait tant bien que mal devant lui. Il regardait ses épaules, son dos, le fléchissement de sa nuque, se demandant comment réussir à renoncer à cet être qu'il chérissait et qui portait leur enfant.

Et comment il allait désormais devoir exister en dépit de son dégoût de lui-même d'avoir choisi sa carrière plutôt que sa compagne.

Tout autour, ça grouillait, ça poussait, ça criait. De plus en plus. Si bien que Darell les conjura d'accélérer le mouvement.

— Allez, allez, les ouistitis, on avance sans mollir et on se dépêche de grimper dans le car !

Maryline s'arrêta brusquement. Elle balaya la foule des yeux. Ses collègues. Tout ce cirque. Le car, au bout.

Puis elle annonça, d'une voix brisée, sous le crépitement des flashs :

— Je ne monte pas.

— Non, mais qu'est-ce que vous fichez ? s'énerva le chef des *bodyguards* en replaçant le fil de son oreillette.

Sur la chaussée glissante d'humidité, les fans grondaient et menaçaient de crever le barrage. Les gardes du corps commençaient à voir rouge. Les mouvements de foule pouvaient s'avérer très dangereux. Sans compter qu'on n'était jamais à l'abri d'un dingue.

Mais Maryline ne cédait pas. Aux aboiements des gardes du corps, aux assauts des appareils photo, aux jérémiades de Darell et à la pression de Marc, elle opposait son air de gamine effrontée, le menton haut, prête à en découdre, bras croisés sur la poitrine.

— Non, répéta-t-elle, butée. J'arrête les frais.

— Fais quelque chose, enjoignit Josh dans l'oreille de Michael, ça va dégénérer.

Le chanteur effleura alors la taille de la jeune femme, supplia :

— Viens avec nous.

Ses yeux à lui dans ses yeux à elle. Eux seuls, une bulle au milieu du vacarme des gens excités, du tohu-bohu des hélicoptères rentrant au bercail, des cris, des mains tendues, avides de contact et d'autographes.

Elle cilla.

— Je t'en prie… insista-t-il.

Il lui prit la main et, tout à coup, pressa ses lèvres contre les siennes.

Juste parce qu'il en avait envie. Parce qu'il était fou amoureux d'elle. Parce qu'il ne serait plus rien sans elle. Parce que, soudain, rien d'autre n'avait plus d'importance et que Marc pouvait bien aller se faire foutre, finalement. Et tant pis, non tant mieux, si les journalistes capturaient ce baiser. Michael Wright aimait Maryline Campbell. Voilà ce qu'il avait envie de hurler à la face du monde.

— Pardon, lui chuchota-t-il.

— Je ne t'impose rien, Michael.

— Je sais… Ne m'abandonne pas.

Elle acquiesça. Mais déjà, les cris hystériques et les impulsions de la multitude les arrachaient l'un à l'autre. La foule les séparait, sous les aboiements échauffés des gorilles en costume.

Michael, lui, ne discernait rien de tout ça. Dans son monde, il n'y avait plus que ce dos, cette nuque, juste devant lui, qui progressaient vers le car. Et ce sourire radieux que Maryline lui adressa avant de s'y engouffrer.

46.

Un cardiologue anglais expatrié dans le sud de la France, ça ne doit pas courir les rues. En effet, une simple recherche sur Internet permet à Michael de retrouver ce médecin. Il lui a suffi d'afficher la liste des cardiologues de Cannes et d'y piocher ceux dont le nom possède une consonance anglophone. Rapidement, un résultat se détache : Bradley Abbott.

L'homme est chef de service au centre hospitalier de Cannes.

Michael compare la photographie du trombinoscope publiée sur le site de l'hôpital avec le dessin que la jeune Mimi a esquissé sur le mur de l'atelier sauvage dont il a gardé la photo : la ressemblance est frappante.

Voilà, c'est terminé. Maintenant qu'il a ses réponses, Michael pourrait s'arrêter là, rentrer au bercail, retrouver New York et son piano aphone. Toutefois, un goût d'inachevé recouvre son palais. Dans ses doigts, le message que Mimi a griffonné à la va-vite : « Il y a toujours un sens… »

Si c'est vrai, cela vaut le coup de se donner la peine de le trouver. Quitte à se casser le nez. Michael réfléchit : il pourrait appeler Bradley Abbott, se contenter d'entendre sa voix pour comprendre ce qui l'a poussé à prendre contact avec la mère biologique de son fils.

Le chanteur pressent cependant que rien ne saurait remplacer une rencontre. Après tout, si ce médecin a pris le risque de réveiller les vieux démons de Maryline et, peut-être, ses velléités de maternité à l'encontre de son fils, c'est qu'il doit avoir une bonne raison.

47.

Darell a décidé de prolonger son séjour sur l'île Lewis. La raison ? L'assistant moustachu, accroc à la Ventoline et aux chemises improbables, est tombé amoureux du pilote.

— Tu es certain que tu ne vois pas d'inconvénient à ce que je reste un peu ? demande Darell pour la énième fois sur le tarmac de Glasgow, pendant que le nouvel homme de sa vie vérifie son vieux coucou.

Michael range son émotion derrière le masque de la dérision.

— Profite bien de Tom Cruise.

— À moi Top Gun et le grand frisson des avions de chasse. Pas de bêtise en mon absence, ma choucroute italienne !

— Tu es l'assistant le plus siphonné que je connaisse.

— Et toi, le chanteur le moins looké du *show-biz*, après Joe Mitchell bien sûr. Allez, mon papillon des îles, envole-toi vite en France avant que les larmes atteignent ma souveraine moustache et qu'elle se mette à bêler comme les moutons de Margaret.

— N'en fais pas trop, c'est l'affaire d'une semaine grand maximum.

L'autre se met quand même à renifler.

— « N'en fais pas trop » qu'il me dit ce grand dadais. Pfff… « N'en fais pas trop »… t'en as de bonnes…

C'est ainsi que les deux hommes se quittent, l'un remontant dans un bimoteur de huit places ne volant que par la grâce du Saint-Esprit, et l'autre, dans un avion de ligne aux allures de paquebot de croisière.

L'un, pariant sur l'avenir d'une histoire d'amour dans les *highlands* ; et l'autre, reparti en France, à la poursuite de Maryline pour la retenir encore un peu. Tant que le jeu de piste est en cours, tant qu'il marche dans ses pas, il semble à Michael qu'elle est là, tout près.

Quelques heures plus tard, l'A320 de Michael troue le ciel mandarine de la fin de journée. Dès son arrivée à l'aéroport de Nice, le chanteur cherche le numéro du médecin. Peine perdue : Bradley Abbott est sur liste rouge et ne consulte dans aucun cabinet privé.

Michael contacte alors le CHU de Cannes. Au bout de plusieurs appels restés sans réponse, une secrétaire consent à lui passer une infirmière du service de cardiologie. D'une voix pressée et autoritaire, celle-ci lui apprend que le docteur sera de garde le lendemain, jusqu'à 18 heures.

Alors Michael patiente. Il passe la soirée seul, à regarder la mer. Puis la journée du lendemain, seul encore, à regarder la mer, toujours.

Que pourrait-il dire à Bradley Abbott ? « Bonjour, je viens vous parler de Maryline, elle est morte et je voudrais savoir si Allan ressemble à Allan. »

Non.

« Bonjour, j'aimais Maryline et je viens d'apprendre qu'elle avait un fils. »

Non.

« Bonjour. Parlez-moi d'elle, de votre entrevue. Je voudrais comprendre, je vous en prie. »

Toujours pas.

« Bonjour. Je cherche Maryline à travers les lignes. »

Stupide.

La vérité, c'est qu'il ne sait même pas ce qu'il espère trouver. Mais il a la conviction d'être exactement là où il doit être. Et il a confiance : Maryline lui soufflera quoi dire.

Le lendemain soir, un peu avant 18 heures, il prend place sur un banc face à la sortie du bâtiment de la cardiologie, suant sous son bonnet, le soleil se reflétant sur les carreaux opaques de ses lunettes de soleil. Dans les mains, son téléphone portable sur lequel s'affiche la photo du médecin. À chaque fois que les battants de la porte automatique s'ouvrent, Michael bondit, plein d'espoir. Avant de se rasseoir, déçu. Ce n'est jamais Bradley Abbott. Si bien que, las, il finit par se dire qu'il a peut-être mal compris les indications de l'infirmière.

Alors qu'il s'apprête à rebrousser chemin, la porte éjecte une grappe d'hommes et de femmes. Parmi eux se trouve le cardiologue.

— S'il vous plaît ?

Tous se retournent, les sourcils en accent circonflexe : avec ses lunettes de soleil dans le crépuscule et son bonnet au printemps, Michael n'inspire qu'une confiance toute relative.

— Vous auriez une seconde, monsieur Abbott ? précise le chanteur en anglais.

L'homme se détache du groupe.

48.

Grand, brun, légèrement dégarni sur le front, l'homme arbore une quarantaine fatiguée. Des cernes sombres creusent des sillons sous ses yeux. Une ride profonde barre son front. L'élastique d'un masque trop serré a laissé une petite trace sur ses joues.

— Pas vraim… répond le médecin, en anglais, tout en accompagnant les mots d'un coup d'œil à sa montre.

Michael s'avance.

— Pardon d'insister, mais je voudrais vous parler de Maryline.

L'autre prend un air indécis. Finalement, il enjoint en français à ses collègues de continuer leur route sans lui.

— Maryline, vous dites ?

Michael opine du chef.

— Et je voudrais aussi vous parler de votre fils, Allan.

Le visage du cardiologue se renfrogne.

— Si c'est Mlle Campbell qui vous envoie, vous pouvez lui dire que ce n'est plus la peine, le mal est fait. Maintenant, pardonnez-moi, ma femme m'attend.

Là-dessus, il tourne les talons sans transition.

— Elle est morte.

Le docteur s'immobilise. Pivote.

— Je vous demande pardon ?

— Maryline a eu un accident il y a six mois. Elle est décédée.

— Mon Dieu, elle était si jeune, se décompose le docteur. J'en suis navré.

Puis il prononce, à l'issue d'un silence gêné :

— Qu'est-ce que je peux faire pour vous, au juste ?

Une ambulance sépare momentanément les deux hommes debout en plein milieu de la chaussée.

Michael attend que la sirène s'estompe pour s'approcher du cardiologue. Et lui expliquer : la carte d'embarquement dans la veste ; les pistes qu'il a suivies et dans lesquelles il s'est fourvoyé ; la révélation de l'existence de ce fils que Maryline a été contrainte d'abandonner à la naissance.

— Il ne me reste plus qu'une seule question, conclut-il en tentant de harponner les yeux de son vis-à-vis à travers ses verres fumés. Une seule question pour que le puzzle soit complet.

L'homme inspire et articule, sur le ton de l'évidence :

— Vous vous demandez pourquoi j'ai cherché à la retrouver après toutes ces années.

— Précisément.

— Il y a des courants d'air par ici et un peu trop de passage. Ma voiture est dans le parking. Vous avez le temps pour une petite promenade ?

Ils marchent, mutiques, dans les méandres du souterrain. Parvenu à proximité d'une berline grise, l'homme appuie sur le bouton de son porte-clés. Les phares de la voiture clignotent deux fois en émettant de brefs bips.

Bradley Abbott s'installe derrière le volant pendant que Michael prend place sur le siège passager. Quand il ôte son bonnet et ses lunettes, le médecin marque un temps d'arrêt, la mâchoire ouverte de stupéfaction. Un sourire discret finit toutefois par se dessiner au coin des lèvres quand il bredouille, d'un ton qui se veut détaché :

— La vie est décidément pleine de surprises. Si on m'avait dit ce matin que Michael Wright monterait dans ma voiture…

Mal à l'aise dès qu'on évoque cette célébrité qui lui pèse tant depuis la mort de Maryline, Michael change illico de sujet.

— Vous faites un métier magnifique.

— Peut-être qu'au fond, nous faisons un peu le même métier, rebondit Bradley, les yeux dans le rétroviseur alors que la barrière du parking se soulève et que la voiture s'engage sur la route.

Michael arbore une mine perplexe.

— Je répare des gens, clarifie le médecin, je m'assure que la petite musique de leur cœur soit régulière. Et vous, vous leur faites du bien avec vos chansons. Ce n'est pas si éloigné, au fond, nous cherchons tous les deux à arranger les choses, vous en donnant du bonheur, moi en m'assurant que le mécanisme ne s'enraye pas.

— C'est une jolie manière de voir… Même si c'est désormais terminé pour moi : la musique, c'est de l'histoire ancienne, je n'y arrive plus.

— Nous pourrions prendre rendez-vous à mon cabinet, plaisante le médecin d'une intonation grave qui contraste avec l'ironie de ses paroles. La musique, c'est un peu ma spécialité…

La berline s'engouffre sur la voie rapide où un type, dans une voiture de luxe, zigzague d'une file à l'autre, façon jeu vidéo. Bradley pile. Par un jeu de réflexe, Michael se cramponne à la poignée de la portière. En sueur, les mains moites, blême. Respiration saccadée, cœur frénétique, estomac tordu. Ses paupières se crispent. Freins crissant. Traumatisme prégnant d'une Maryline aux yeux vides.

— Tout va bien, monsieur Wright ?

Michael acquiesce. Il déglutit. Il a la nausée. Sa main se décolle du cuir de la poignée. Ses doigts ont imprimé sur ce dernier une auréole de transpiration.

Bradley se gare sur le bas-côté. Michael bondit aussitôt à l'extérieur, plus vert que blanc. L'air frais le rassérène un peu. Dehors, le soleil vaporise ses rayons sur la mer. Un goéland plane dans le couchant. Sur la plage, quelques jeunes gens entonnent des chants autour d'un feu circonscrit par des pierres, soutenus par un joueur de ukulélé et un autre de djembé. Deux adolescentes se mettent à danser, pieds nus.

Avant, Michael aurait battu le rythme en cadence, du talon ou de l'index, sans même le faire exprès. Avant, la magie de la musique opérait naturellement. Aujourd'hui, rien ne bouge plus. Index et talons statufiés par l'angoisse et le vide. La seule musique qu'il entend désormais est celle des cris de stupeur quand corps et tôles s'enchevêtrent.

Michael se prend la tête entre les mains, tandis que le soleil imperturbable s'enfonce derrière la ligne d'horizon. Rien n'étouffe l'angoisse. Michael commence à peine à se pardonner de n'avoir pas su être à la hauteur. N'empêche, il est un peintre sans couleur, un homme fini.

— Vous devriez vous faire aider…

Le médecin s'est posté à côté de lui. Adossé à la rambarde, il lui tend un paquet de cigarettes.

— Un cardiologue qui fume ? s'étonne Michael.

— Vous êtes bien un musicien qui n'aime plus la musique… Que voulez-vous, nous sommes tous des petits êtres bourrés de contradictions.

Michael attrape une cigarette et l'entoure de ses mains, le temps que l'homme approche le briquet. Ils fument côte à côte, sur la bande d'arrêt d'urgence, dos au tumulte du trafic et de la vie.

Michael tire sur le filtre. Cendre rouge. Bouffée de nicotine. Il observe la fumée s'effilocher au-dessus de lui. Il se détend peu à peu. Le docteur inspire sur sa cigarette. Comme un vent léger ramène la fumée dans son visage, il plisse les yeux et commence à parler.

49.

— En théorie, commence le médecin, compte tenu des circonstances, il était impossible que je retrouve un jour l'identité de Maryline Campbell. En pratique, il m'aura fallu un peu plus d'un an. C'est que j'ai la chance de pouvoir faire jouer mes relations. De fil en aiguille, je suis parvenu à retrouver la trace de cette jeune fille.

« Mon épouse ne peut pas avoir d'enfant. Nous en avons beaucoup souffert. Nous étions heureux, mais, sans enfant, notre couple était comme incomplet. Alors nous avons cherché des solutions…

« Comme vous le savez peut-être, la loi au Royaume-Uni diffère de la loi française. Elle ne permet pas l'accouchement sous X. Mon métier m'a donné quelques avantages comme celui de pouvoir contourner certains règlements… Je ne vais pas vous faire le détail, ça n'a pas beaucoup d'intérêt.

« Bref, quand le bébé est arrivé, nous l'avons aimé tout de suite. Dès que nous l'avons tenu dans nos bras, il est devenu notre fils. Nous ne savions rien de lui, si ce n'est que sa mère était Écossaise, qu'elle était très jeune et qu'elle ne désirait pas garder cet enfant. Alors nous avons choisi de le prénommer Allan. Comme un lien avec cette autre famille qu'il ne connaîtrait jamais. C'était notre manière à nous de rendre hommage à cette adolescente qui, sans le savoir, nous avait fait le plus beau cadeau du monde.

Le docteur aspire une nouvelle bouffée de nicotine.

— Nous sommes venus en France six mois plus tard. Voyez-vous, mon épouse est Française. Allan s'est très bien accoutumé ici. C'était un petit garçon extraordinaire. Il était vif, intelligent, incroyablement gai en toutes circonstances. Il ne pleurait jamais longtemps. À l'école, c'était un très bon élève, travailleur, attentif et curieux de tout. Bilingue, évidemment. Oh, il n'était pas un ange pour autant, il savait aussi se montrer espiègle dans la cour.

« Mais quand il a eu 11 ans, il s'est transformé : il est devenu plus renfermé et très épidermique. Il y avait en lui une colère qu'il déversait à la maison sur n'importe quoi et n'importe qui. Je me doute de ce que vous pensez, les enfants changent avec l'âge, c'est normal… Détrompez-vous : je connais mon fils, j'ai tout de suite su que ce n'était pas juste une passade ou le fait d'une transition hormonale un peu bancale. C'était bien au-delà d'une banale crise d'adolescence. Je ne peux pas l'expliquer, mais j'avais la conviction que ça partait de plus loin. Paradoxalement, dès qu'il était en public, il s'effarouchait comme un animal sauvage.

Un animal sauvage, se répète Michael, songeant au nombre incalculable de fois où lui-même a utilisé cette métaphore pour caractériser Maryline. La coïncidence lui dessine un léger sourire.

— Ma femme et moi, nous avons tout essayé, complète le docteur en pinçant la bouche entre son index et son majeur. Psychologue, psychiatre, groupe de parole, examens médicaux pour écarter toute cause physiologique. La totale, quoi. Comme ça ne donnait rien, nous l'avons présenté à d'autres jeunes, issus d'autres milieux ; nous l'avons même changé d'établissement scolaire. Malgré nos efforts, Allan demeurait ce garçon taciturne, malheureux et constamment en rage. Et nous, nous assistions à sa souffrance, complètement impuissants.

« Les portes qui claquent et les vociférations constituaient notre lot quotidien, la vie à la maison devenait très compliquée. Je n'en parlais pas autour de moi. Nous refusions systématiquement les invitations, nous faisions semblant. Personne, à l'extérieur de notre cellule familiale, n'aurait pu soupçonner ce que nous traversions. Il n'est pas facile d'avouer qu'on est incapable de gérer une situation et que nous sommes loin d'être le foyer modèle que les gens imaginent. La vérité, c'est que nous n'en dormions plus.

« Alors un beau matin, au bout du rouleau, je m'en suis ouvert à un confrère. Il m'a posé une seule question : « Est-ce qu'Allan sait qu'il a été adopté ? » Non, il l'ignorait, ni ma femme ni moi n'avions jusque-là ressenti le besoin de le lui révéler. Sans doute au détriment de ses propres besoins à lui…

« Sur le coup, mon collègue a eu la délicatesse de ne pas se répandre en jugement. Je suis persuadé qu'il n'en pensait pas moins… Il m'a juste envoyé un mail quelques heures plus tard. Il y avait en pièce jointe un vieil article tiré d'une éminente revue scientifique qui portait sur les traumatismes transmis de génération en génération.

« Les chercheurs y défendaient la thèse selon laquelle nous étions la somme des expériences vécues par nos aïeux et que nos gènes contenaient en quelque sorte l'histoire de notre famille.

« C'est comme ça que nous nous sommes mis en quête de l'histoire de notre fils. Pour aider Allan et lui permettre d'aller mieux. Nous avons cependant préféré attendre pour le lui apprendre. Nous voulions auparavant nous assurer que la jeune fille, qui était depuis devenue une femme, accepterait de nous rencontrer et de le rencontrer. Il était important de faire les choses dans l'ordre. Nous ne pouvions risquer de balancer la vérité à Allan et de le laisser se débrouiller avec ça.

— Et maintenant, il est courant ?

— Oui, et c'est pire, souffle l'homme en tapotant sa cigarette pour que la cendre s'en détache. Figurez-vous que je lui en ai parlé juste après mon entrevue avec Maryline Campbell. Nous étions si pressés que tout rentre dans l'ordre…

« Après mon échange avec Maryline, j'étais certain qu'elle aurait envie de le rencontrer, qu'elle avait juste besoin de temps. C'est ce qu'elle m'a dit d'ailleurs quand je l'ai raccompagnée à l'aéroport. Elle voulait s'accorder quelques semaines pour réfléchir et préparer son entourage. Je lui ai répondu qu'elle pouvait prendre tout le temps qu'elle voulait. Que la décision n'appartenait qu'à elle.

« Évidemment, Allan n'a pas très bien réagi, la nouvelle de son adoption a été un choc pour lui. Pour l'amadouer, je lui ai promis, un peu rapidement sans doute, qu'il pourrait bientôt voir Mlle Campbell à son tour. Qu'elle avait dû partir vite parce qu'elle habitait aux États-Unis où elle avait des impératifs. Pour le faire patienter, je lui ai raconté tout ce que je savais, qu'elle était musicienne et qu'elle jouait dans des groupes aux côtés des plus grandes stars. Il n'en fallait pas plus pour faire rêver mon gamin.

« Il s'est mis à la guitare. Il attendait. Il se faisait des films. À force de raconter partout qu'il était Américain et que sa mère était célèbre, il s'est mis les autres gosses du collège à dos. Tout le monde se moquait de lui. Il disait qu'il s'en fichait, que lorsqu'elle arriverait, ils verraient bien. Mais Mlle Campbell ne nous a jamais rappelés. Je lui en ai beaucoup voulu. Et je m'en voulais plus encore de n'avoir pas su ronger mon frein. Et voilà que j'apprends qu'elle n'est plus de ce monde… Je me sens bête, vous n'avez pas idée…

« J'ignore comment je vais pouvoir annoncer à Allan que cette femme dont il vénère l'image et qu'il attend comme le Messie ne viendra jamais lui parler… et en même temps, lui mentir me fait horreur…

Nouvelle taffe de cigarette. Des ronds de fumée. Le goéland est rentré au bercail ; le ukulélé et le djembé se sont tus ; les danseuses essoufflées rejoignent le bitume ; le feu meurt doucement au milieu des galets. Une sensation de gâchis poisse l'air. Bradley Abbott soupire.

— Pour couronner le tout, il fallait bien sûr que je vous rencontre aujourd'hui… Pile ce soir… La vie est bizarrement faite…

50.

En bas, près du rivage, un tout jeune enfant accompagné d'une vieille femme rate ses ricochets.

— Il se passe quelque chose de particulier, ce soir ? rebondit Michael.

— Allan se prépare à monter sur scène pour la première fois, dans le cadre d'un concours organisé dans un bar. Il s'est mis en tête que s'il gagnait, sa mère biologique apparaîtrait… Vous savez, comme ces signes qu'on cherche partout lorsqu'on espère que quelque chose arrive. Pour faire court, c'est l'histoire de l'invité qu'on essaie de faire venir en ouvrant le champagne. Sa mère, ma femme, en est malade. Elle est persuadée que c'est dirigé contre elle, qu'il la rejette…

D'une pichenette, le cardiologue balance son mégot par-dessus la rambarde. Michael regarde la cigarette s'écraser de l'autre côté de la balustrade.

— Il a 15 ans et les rêves de son âge, quoi, lâche Bradley Abbott. Je regrette de devoir lui apprendre que les rêves sont faits pour être piétinés. Plus tard on apprend cette leçon-là, mieux on se porte.

— Vous êtes bien pessimiste, il pourrait gagner.

Le médecin referme les pans de sa veste et frotte ses mains l'une contre l'autre. Le soleil, presque tombé dans l'eau, a emporté la douceur printanière. Un avion passe et se reflète sur la carrosserie de la berline, entre deux pompons de nuage orange.

— Vous ne connaissez pas Allan, rétorque Bradley d'un air maussade. Il faudrait un miracle.

— Sa mère en était un. Ça aussi, c'est peut-être écrit dans les gènes.

— Ouais, peut-être bien…

L'homme se redresse tout à coup, comme électrisé.

— Venez le voir jouer.

— Ce n'est pas une bonne idée…

— Mais enfin, voyons, bien sûr que si !

Non, se dit Michael. Non, parce que la musique s'est enfuie. Non, parce qu'il ne saura pas quoi dire à cet adolescent en perte de repères. Non, vraiment, merci, il a tout ce qu'il lui faut, les tenants et les aboutissants de cette folle histoire, il va pouvoir rentrer chez lui et s'enterrer le temps de donner un nouveau sens à sa vie.

Oui, mais : « Je vendrai mon âme au diable pour connaître cet enfant. Qui sait, il a peut-être ses yeux… » avait prononcé Allan Campbell, les yeux humides.

Michael chasse cette pensée et reprend la litanie mentale de ses arguments.

Non, parce que c'est un concert et qu'il n'a pas la force d'y assister. Non, parce qu'il ne pourra s'empêcher de voir en cet adolescent l'enfant que portait Maryline et qui ne naîtra jamais. Non, parce que ce serait trop douloureux. Non, parce que.

La sonnerie de son téléphone met un terme à cette entreprise d'autopersuasion. S'excusant auprès de Bradley, Michael s'éloigne d'une dizaine de pas pour décrocher.

— *T'en es où, ma choucroute texane ???*

— Je rentre à la maison.

— *Déjà ?*

— Déjà.

— *Tu as retrouvé le mystérieux inconnu ?*

— Oui. Et J'en ai appris plus qu'il n'en faut.

— *Bien. Tu vas donc pouvoir reprendre une vie normale.*

— Oui.

— *Ta vie, comme celle que tu as laissée derrière toi en partant.*

— Voilà.

— *Hum, ta vie, comme si rien n'avait changé en somme.*

— Je ne te suis pas, qu'est-ce que tu insinues à la fin ?

— *Moi ? Mais rien, voyons. À moins que… tu aurais envie que j'insinue quelque chose ?* prononce Darell d'une voix flûtée.

— …

— *Tu ne réponds plus, ma ciboulette à la crème. Ne me dis pas que je suis viré.*

— Bien sûr que non.

— *Ouf, ça t'aurait coûté un max en frais d'avocat. Bon, l'affaire est grave, figure-toi que je n'avais plus de chemise propre et que j'ai dû me résoudre à enfiler un des pulls de Brad en attendant de faire une machine.*

— Brad ?

— Mon Tom Cruise à moi… Top Gun, voyons ! Ça va, t'y es ? Eh bien, tu ne le croiras jamais, mais j'adooore ces gros pulls en laine. C'est hyper confortable et c'est si vintage que c'en est charmant. L'élégance de Clark Gable doublé de la délicatesse bucolique d'une Judy Garland, les poils aux pattes en plus. Moi qui étais persuadé que ça allait me gratter, avec mes allergies… Tu sais que je ne supporte que le mohair et l'angora. Et encore, rien que le top du top. Eh bien, tiens-toi bien parce que tu ne vas pas en revenir, ma groseille… Rien, pas la moindre constellation d'eczéma, pas l'once d'un petit point rouge. Et ça ne me démange même pas. Incroyable, non ? Comme quoi, on ne peut jamais présumer de rien dans la vie, faut savoir prendre des risques. Comme je suis dans une verve pas possible, je me demande si je ne vais pas tenter le tout pour le tout et… raser ma moustache. Oui, oui, absolument, RASER MA MOUSTACHE. Mais ne pleure pas, je t'en garderai un morceau dans un petit sachet. Tu pourras le revendre sur Ebay pour te refaire…

— Euh…

— Tsst tsst tsst, ne me remercie pas, c'est cadeau, ça me fait plaisir. Je suis un autre homme, mon Kinder Pingui. Sur ce, je te laisse, je dois me faire beau avant que Brad rentre. On est déjà un vrai petit couple, c'est comme si on se connaissait depuis des lustres. Au fait, si je reste joignable, ça compte pas comme des congés payés, si ?

S'ensuit une mélodie de banalités rendues magiques par la folie douce d'un assistant inquiet de savoir son ami d'enfance seul au bord de la Méditerranée, à deux doigts du précipice. Des mots en pagaille, des confettis dérisoires, une main tendue pour garder le contact.

La nuit est déjà avancée lorsque Michael raccroche. Dans sa tête, tout se mélange. Et ce pull qui devait gratouiller et ne gratouille pas. Et la peur qui n'évite pas le danger. Michael pivote.

— C'est à quelle heure, le concours ?

Le médecin jette un œil à sa montre.

— Dans une demi-heure.

— On y sera ?

— Je vais peut-être devoir appuyer sur l'accélérateur. Ça ira ?

Un dernier regard vers la mer. L'angoisse s'insinue.

— Ça devrait.

Ils montent dans la voiture. Bradley met le contact. Le moteur vrombit. Mais la voiture ne bouge pas. Le docteur garde les mains sur le volant. Et balbutie :

— Tout à l'heure, vous m'avez dit que Maryline avait été contrainte d'abandonner son fils. Je ne cherche pas à me dédouaner, mais je voudrais que vous sachiez que je l'ignorais. Séparer une mère de son enfant n'a jamais été mon intention. Jamais.

Là-dessus, il s'engage sur la chaussée.

Direction le concours. Et un petit gars aux yeux bleus.

51.

19 septembre 2018 – L'accident

Les phares transperçaient la nuit à toute allure. Grisés par la vitesse, les voyageurs reprenaient en chœur le refrain diffusé par les enceintes. Les membres du groupe applaudissaient, braillaient comme des enfants. Difficile de redescendre après un concert de cette intensité.

Sauf pour Josh. En dépit du bruit et de l'atmosphère survoltée qui régnait dans le bus de la tournée, le batteur dormait à poings fermés, la tête posée sur un pull roulé en boule contre la vitre. Un léger ronflement émanait de sa bouche entrouverte. Un exploit.

Amusée, Maryline désigna le musicien.

— Comment arrive-t-il à faire ça ?! J'ai l'impression que je ne pourrai plus jamais dormir !

Michael approuva d'un hochement de tête.

— C'était un moment complètement dingue.

— Tu as été phénoménal, souffla-t-elle, avant de crier elle aussi, pour mêler sa joie à celle des autres voyageurs.

Michael sourit en détaillant la jeune femme : cheveux courts bicolores, bruns à la racine, blond platine sur les pointes ; grands yeux bleus cerclés d'un trait noir qui avait un peu coulé ; grain de beauté au-dessus de la lèvre supérieure ; tatouage sur le bras ; débardeur lâche sur les épaules et la naissance de son décolleté.

Elle était si belle.

Tout à l'heure, quand ils parviendraient, fourbus, dans la nouvelle chambre d'hôtel, dans cette autre ville, ils s'allongeraient côte à côte et ils discuteraient. Évoqueraient l'avenir, cet enfant imprévu, les aménagements. Il lui proposerait de s'installer avec lui. Un mariage.

Bien sûr, Marc s'étranglerait avec sa cravate. Bien sûr. Mais le priver d'elle, c'était le priver de voix. Et personne, même pas le producteur, ne voudrait plus d'un chanteur qui ne sait plus chanter. Personne au monde n'avait le droit de lui demander ce sacrifice-là.

Il était heureux qu'elle ait accepté de monter dans ce bus. Heureux d'avoir officialisé leur union grâce à un baiser volé.

Heureux de s'être rendu compte, avant qu'il ne soit trop tard, qu'elle comptait plus que tout.

Il ouvrit la bouche avec l'intention de répondre à Maryline que c'était elle qui avait été magique, que sans elle et son regard qu'il avait senti couler dans son dos pendant qu'il chantait, le concert n'aurait pas été aussi incroyable.

Tu as été phénoménal…

Il s'apprêta à lui répondre que c'était elle, et uniquement elle, qui lui conférait le pouvoir de communiquer avec des milliers de gens.

Quand un coup de frein le projeta soudain contre le fauteuil de devant.

Un millième de seconde plus tard, il était ballotté avec brutalité dans tous les sens tandis que des cris résonnaient de toutes parts et se mêlaient aux crissements de pneus.

Chute d'objets. De corps, projetés à gauche, à droite, comme de vulgaires poupées de chiffon.

Couché sur le flanc, le car s'immobilisa dans un raffut de tôle et de pistons. Le silence tomba, lourd. De faibles gémissements émanaient de-ci de-là.

Sonné, la nuque dans un étau de douleur, Michael tendit la main vers la vitre. Ses doigts s'écorchèrent au contact des aspérités du béton, là où le carreau avait explosé.

Il tourna alors la tête.

À côté de lui, Maryline. Regard bleu.

Vide.

52.

Michael a la gorge sèche, le palais ankylosé, la mâchoire douloureuse d'avoir trop serré les dents. Le cardiologue n'a pas menti : s'ils sont arrivés à l'heure dans le café où se déroule le concours, c'est au prix d'accélérations forcenées et de freinages brutaux. Mais enfin, ils sont là, en vie, sur le point de sortir de la berline et de pénétrer dans ce bar où se massent déjà une bonne vingtaine de personnes. C'est tout ce qui compte.

Michael enfile son bonnet. Ses lunettes de soleil. Sa carapace. Il déplie son corps hors de la voiture et avance, sinon à reculons, du moins avec la lenteur de celui qui marche sur des œufs. Assister à un concert représente pour lui un effort surhumain. La tornade des images de Dallas surgit, tandis qu'il suit Bradley à travers l'assemblée des clients.

Un poids comprime sa poitrine ; la touffeur manque de le faire tourner de l'œil ; la vision des instruments et du micro, sur la petite scène installée pour l'occasion, lui rappelle l'imminence de la catastrophe. Dix fois, Michael veut prendre la tangente et rebrousser chemin. Dix fois, il se morigène, et luttant contre lui-même, s'échine à progresser dans le bar, ivre de bruit et d'angoisse.

Le médecin et lui finissent par s'installer à une petite table, un peu à l'écart.

— Et votre femme ? demande timidement Michael après que le cardiologue a commandé des consommations.

— Comme je vous l'ai dit, elle vit très mal cette situation. J'ignore si elle viendra. Mais je l'espère. Je vais aller encourager Allan, ajoute Bradley en se relevant.

— Vous comptez lui parler ?

— Bien sûr que non, pas ce soir.

Michael reste seul devant son verre de limonade, à tripoter machinalement un parasol en papier pastel. Ses cuisses tressautent sous la table.

La lumière du bar s'éteint soudain. Tout de suite après, deux petits fumigènes toussent une gerbe de fumée ténue et sporadique, à la manière d'un dragon paresseux.

Michael sort de sa torpeur. Une nouvelle grenade d'angoisse explose dans les entrailles du chanteur alors qu'un jeune homme, vêtu d'un jean et d'un tee-shirt blanc, émerge de l'arrière-boutique sous les applaudissements de la petite assistance.

Le présentateur expose le procédé à grand renfort de gesticulations : le vainqueur sera désigné à l'applaudimètre.

— À vous de choisir quel talent mérite la première place ! Vous êtes en forme ?

Michael balaie la salle d'un coup d'œil. Çà et là, des mains agitent des banderoles au nom des groupes amateurs : « Les KGB », « Tropic Jam », « Eli Elo », « Jani and Lola » ; « Les biscuits ».

— Ça va ? demande Bradley en regagnant sa place.

Michael opine.

— Et votre fils ?

— Je dirais 13 sur 10 sur l'échelle de la trouille.

La musique met un terme à l'échange. Sur scène, Eli Elo chante un titre de U2. C'est ensuite au tour des Biscuits de se casser la voix sur du *heavy metal*. Suivi de Jani and Lola dans une reprise d'une chanson de Gainsbourg. Enfin, les Tropic Jam, dégaine de dandies torturés, créent l'hystérie d'un petit groupe de minettes.

L'applaudimètre fonctionne à plein régime. De temps à autre, Bradley lorgne du côté de la porte d'entrée en se mordant les lèvres.

Enfin, le présentateur annonce le tour d'Allan. De timides applaudissements jaillissent. Aucune fumée, les fumigènes ont rendu l'âme. Ça sent la fin de soirée. Des spectateurs sortent crapoter. Un courant d'air froid traverse la salle.

— Il est très jeune et il a un trac d'enfer, martèle l'animateur à l'assemblée devenue apathique. Merci de lui faire un triomphe !

Quelques spectateurs forcent leur enthousiasme. Après tout, chacun est venu encourager son poulain. En plus d'être inconnu au bataillon, Allan est le dernier et a la malchance de s'être brouillé avec tous ses camarades.

La silhouette gracile d'un adolescent, presque un enfant, se dessine dans la pénombre. Une allure informe, une démarche gauche, des vêtements trop larges. Les contours d'une guitare, dans son dos.

Des battements de mains clairsemés couvrent à peine le bruit des discussions qui se sont engagées aux tables. Attention en berne de clients fatigués.

Le faisceau du frêle projecteur éblouit le jeune garçon. Si bien qu'il grimace en bégayant un bonsoir timoré dans le micro réglé trop haut pour lui. Un bonsoir, pour lequel il doit s'y reprendre à trois fois, tant sa voix peine à se placer, tantôt trop grave, tantôt trop aiguë.

Lorsque le dernier bonsoir parvient jusqu'à l'auditoire, un larsen vrille les tympans des spectateurs. Les visages se crispent.

Embarrassé, Allan s'excuse. Il règle le micro en décochant des œillades apeurées à la salle circonspecte et lasse. Ceci fait, il place sa guitare sur le devant de son buste. Elle paraît gigantesque en comparaison de ce torse si frêle.

Allan commence à jouer. Deux notes. Il stoppe. La guitare est désaccordée. Il bredouille encore un filet d'excuses et tortille les chevilles au bout du manche. Puis il s'éclaircit la gorge, sourit poliment, règle de nouveau la hauteur du micro, histoire, sans doute, de gagner du temps.

Dans la tête de Michael, Allan et Maryline se superposent. Même menton, même profil délicat, mêmes yeux.

Sur scène, Allan inspire. Ses doigts se mettent en branle. Aucun son ne sort pourtant. Tétanisé, le jeune garçon ferme et ouvre la bouche à la manière d'un poisson en train de s'asphyxier. Michael est familier de tout ça : la lutte contre soi-même, l'impossibilité de s'exprimer alors qu'on en crève, ce mauvais trac qui vous submerge, la peur d'être jugé, la peur de rater, la peur de décevoir, d'être seul contre tous, la solitude qui vous écrase, la colère. Ce petit Allan aux yeux bleus mouillés de larmes d'impuissance qui essaie tant bien que mal de faire bonne figure, Michael le connaît bien. Comme un frère. Comme un fils.

53.

Sans crier gare, l'enfant tourne les talons et, tel un gamin excédé par ses propres cafouillages, il saute de la scène et se dirige à grandes enjambées vers la sortie. Voyant cela, le cardiologue, désemparé, se ratatine sur sa chaise, pendant que Michael est déjà sur les traces de l'adolescent.

Quand il le rejoint à l'extérieur, il voit Allan adossé contre la façade de l'immeuble adjacent, en larmes.

— Tu peux y arriver.

Le gamin lui oppose un regard perçant. Michael sent son cœur se tordre sous l'orage de ces yeux qui lui rappellent la cruelle absence de Maryline.

— Vous voyez bien que non ! riposte le gosse dans un anglais impeccable. Je suis bon à rien.

— Essaie au moins. On n'abandonne pas le champ de bataille avant d'avoir tenté de sauver sa peau, plaide-t-il.

— Pfff ! Les gens s'ennuient ! Je suis trop ordinaire ! J'ai aucune chance !

— Quelle importance ? Qu'est-ce ça peut faire que tu gagnes ou que tu perdes ? Tu as des choses à dire, alors crie-les, bon sang, ils finiront par t'écouter ! Tu as tout à gagner !

Allan s'essuie les yeux d'un geste furieux, la guitare pendue dans son dos.

— Qu'est-ce que ça peut vous faire d'abord, ce que j'ai à raconter ?

Michael soulève son bonnet et descend ses lunettes de soleil de quelques centimètres sur l'arête de son nez. L'incrédulité écarquille aussitôt les pupilles de l'adolescent. Michael pose ses mains sur ses épaules.

— Maryline Campbell était une musicienne exceptionnelle. Tu es comme elle, tu as ça en toi, Allan. La musique t'a choisi, elle sera toujours ton alliée. Ne laisse jamais la peur la chasser. Remonte sur scène. Montre-leur ce que tu as au fond de toi. Dis-leur que tu as la rage, dis-leur que c'est injuste, dis-leur que tu es heureux ou malheureux, dis-leur qu'il pleut chez toi quand il y a du soleil au-dessus de leur tête, dis-leur n'importe quoi, mais dis-leur qui tu es. L'univers est peuplé de gens qui parlent plus fort que toi. Toi, tu es tout petit, et personne ne t'écoutera sans ce fichu micro. Alors, prends-le et accroche-toi à lui comme si ta vie en dépendait.

Allan fixe Michael sans rien dire un court instant, avant de finir par souffler :

— OK.

Il retourne dans le café pendant que Michael, bonnet et lunettes de nouveau en place, s'arrête près de la porte. De là, il l'observe remonter sur l'estrade. Avoir su trouver les mots le remplit de satisfaction, ces mots que lui-même aurait eu besoin d'entendre tant de fois…

De retour sur scène, Allan tousse, procède aux réglages et joue le début de *Say it ain't so.* Face aux spectateurs sporadiques et dramatiquement indifférents, il en articule les premières paroles d'une voix chevrotante qui s'excuse d'être au monde. Alors que certains revêtent leur manteau et quittent le bar, les mains de l'adolescent peinent à se cramponner à la guitare. Chaque départ est une gifle et fait le nid du doute et du sentiment d'humiliation qui l'assaille.

Alors, pris d'un élan soudain, ignorant jusqu'à la raison de sa mise en mouvement, Michael traverse la salle en catimini.

De son côté, Allan heurte le micro dans un geste malencontreux. Il a beau le rattraper in extremis, le mal est fait. Cette fois, on ne distingue plus du tout la voix du jeune homme, coincée dans sa gorge par la honte et la hargne.

Un type siffle. Un autre se marre. Tant pis, c'est inutile d'insister, Allan s'apprête à laisser tomber.

Mais Michael s'est hissé sur la scène par l'arrière et, saisissant la guitare de l'un des groupes précédents, il s'approche de la lumière et se met à jouer les accords de la chanson, sans réfléchir. D'un geste, il enjoint l'adolescent à le regarder dans les yeux, à ne regarder que lui, à oublier les spectateurs partis avant la fin, à envoyer les quolibets se faire voir ailleurs, à n'être qu'ici et maintenant, tout entier dans la musique.

Tout ça, d'un seul geste.

Puis il ajuste sa voix afin que celle de l'adolescent s'y repose.

Regarde-moi. Je suis là. Je ne te lâcherai pas. On va y arriver. Donne tout ce que tu as.

Les yeux cloués à ceux de Michael, il accepte de se laisser guider, de se laisser porter. C'est là, à cet instant précis, que le miracle se produit : la voix cristalline d'Allan gagne en assurance. Elle décolle, prend de l'ampleur, puissante et fragile à la fois.

Michael recule dans l'obscurité. Il n'en revient pas, une telle intensité et une telle émotion dans un si petit corps, c'est inouï. D'ailleurs, il est loin d'être le seul à être surpris. Des gens sur le point de quitter le café se ravisent, des passants, attirés par cette voix d'ange qui prend aux tripes, se pressent maintenant devant la façade de l'établissement.

La chanson se termine en une pluie d'acclamations. Une ovation récompense le jeune homme, sonné par ce qu'il vient d'accomplir. De toutes parts s'élancent les « une autre », « une autre ». Michael joint ses applaudissements à ceux des autres spectateurs.

Quand Allan lui sourit, Michael comprend à quel point Mimi avait raison quand elle lui a écrit : « Il y a toujours un sens. »

54.

Debout, au pied de l'estrade, le médecin applaudit à tout rompre. Près de lui se tient sa femme, arrivée pile au bon moment pour assister à la révélation de son fils.

Il y a toujours un sens, se répète Michael tandis qu'il discerne leurs visages brillant de fierté et de joie.

Le chanteur revient à l'adolescent. À son sourire éclatant. À ses yeux ébahis, braqués sur son public. À cet enfant qui s'élance tout à coup vers ses parents, tandis que la marée de la foule se scinde pour lui laisser le passage. À ce gosse qui les étreint tous les deux comme si c'était la dernière fois.

Ou la première fois.

Des frissons parcourent le corps du chanteur. La certitude que cette quête devait le conduire ici et maintenant l'envahit. Il ferme les yeux. Il lui semble voir applaudir Maryline juste à côté de lui. Ses cheveux courts, les tatouages sur son bras, son nez mutin, ses pommettes, son débardeur et sa veste en jean. Ses grands yeux bleus remplis d'allégresse.

Quand Michael se prend à lui chuchoter : « Merci », il croit discerner la voix éthérée lui répondre « Merci à toi ». C'est peut-être une hallucination, peut-être pas, peu importe au fond, l'essentiel est ailleurs.

Tandis que tous n'ont d'yeux que pour ce jeune prodige, Michael se défait de la guitare qu'il repose sur son socle et descend discrètement de l'estrade. Sa mission est terminée, il peut à présent laisser cette famille à son bonheur. Il va retrouver sa vie.

Mais, alors qu'il s'apprête à sortir, bonnet vissé sur la tête, lunettes sur le nez, mains dans les poches, il entend :

— Michael ?

Allan se tient devant lui, timide, gêné, entre sa mère et son père.

— Vous accepteriez de me parler de Maryline ?

Michael hésite, rapport aux parents. Mais Bradley et son épouse opinent en guise d'autorisation.

Alors le chanteur extirpe son téléphone de la poche de son manteau. Il y cherche la photo du dernier concert. Il l'ouvre pour la toute première fois. Il zoome sur le visage de la jeune femme.

— Elle était belle, note l'adolescent.

— Elle était magnifique, confirme-t-il en essayant de réprimer l'afflux d'émotions.

— Est-ce…

Allan s'arrête, il cherche ses mots. Michael l'encourage d'un signe de tête.

— Est-ce que vous pensez qu'elle aurait accepté de me voir ?

Le chanteur zoome un peu plus bas. Sur le tatouage.

— Quelle est ta date de naissance ? demande Michael, moins pour la connaître que pour corroborer son hypothèse.

— 17 octobre 2005.

— Regarde…

Bingo. Sur le tatouage, les chiffres : 051710. 17 octobre 2005.

— Elle ne t'a jamais oublié.

Allan dévisage ses parents. Il pose sa tête sur l'épaule de sa mère.

— Tes parents t'ont donné le nom de ton grand-père, ajoute Michael. Tu t'appelles Allan, comme le père de Maryline.

— Il est encore…

Allan marque une pause en forme de point d'interrogation. Une expression contrite étire ses lèvres.

— En vie ? l'aide Michael. Oui. Et si un jour tu le souhaites, il serait très heureux de te voir. Tu as ses yeux, c'est incroyable…

55.

Une semaine plus tard, Michael, Allan et ses parents s'envolent pour l'Écosse. À Glasgow, ils grimpent dans le petit avion de Brad-Tom Cruise pour atterrir sur une piste d'atterrissage bordée de sable blanc et de prairies.

Ainsi, Allan rencontre Allan, assis face à la mer, tandis que les autres, les yeux embués, restent en retrait. Pendant qu'ils s'apprivoisent, des mouettes taquinent le dos des moutons et Margaret prépare en sifflotant un plat dont elle a le secret dans la cuisine de son bistrot.

Michael, lui, se sent bien. Au fond de lui, il sait que sa vie sera désormais ici, entre ciel et terre.

— Dis donc, mon écrevisse dorée, je suis sacrément fier de toi. Pas de ton look, ça, c'est toujours pas terrible. Mais pour le reste, ouais, y a du mieux…

La voix de l'assistant filoche, rapport à l'émotion. Mais il se reprend aussitôt.

— Et sinon, tu m'as pas dit, comment tu me trouves sans moustache ? Ça me donne un petit côté De Niro dans la trentaine, non ?

Michael sourit, un début de mélodie dans les oreilles et au bout des doigts.

REMERCIEMENTS

C'est ainsi que se termine l'histoire d'un musicien qui avait perdu la musique. Ou plutôt, c'est ainsi que recommence l'histoire d'un homme qui pensait ne plus pouvoir aimer.

Pour ma part, j'ai toujours apprécié les récits de renaissance. Je pèche peut-être par excès d'optimisme, mais je crois fermement au bonheur et à sa capacité à nous cueillir au moment où l'on ne s'y attend plus. Et vous ? Qu'en pensez-vous ?

Merci d'avoir accepté de vous laisser entraîner dans cette aventure, aux côtés de Michael et de Darell. J'espère que vous aurez pris autant de plaisir à lire ce texte que j'en ai pris à l'écrire. Si tel est le cas, n'hésitez pas en parler autour de vous ou à laisser un commentaire sur Internet. Ce livre ne vivra que grâce à vous.

Vous êtes de plus en plus nombreux à me suivre et à me lire. Chaque message que je reçois, chaque commentaire que je lis me touche énormément. Merci, à vous. Votre bienveillance, votre soutien, votre enthousiasme sont des cadeaux inestimables.

Évidemment, même s'il n'y a que mon nom sur la couverture, un roman est avant tout un travail d'équipe. Je pense à Monsieur Minou, suprême déclencheur de textes et lecteur-cobaye ; à Mamz'elle Lili, cheffe du département *Brainstorming* à pas d'heure ; à Clairette-la-Fleur, à la fois belle-sœur préférée et débloqueuse de situations inextricables ; à Indiana Claudie, irremplaçable et précieuse chasseuse d'incohérences et de vilaines erreurs. Merci merci merci.

Je n'oublie pas les formidables blogueuses qui défendent mes textes depuis plusieurs années maintenant, et les libraires qui les ont rejointes depuis la parution de *Si tu crois un jour que tu m'aimes* aux éditions Michel Lafon.

Merci à vous tous d'être là !

En attendant de nous retrouver autour d'un nouveau roman, vous pouvez m'écrire sur Facebook, Twitter ou Instagram, ou, encore, à :

charliewat.auteur@gmail.com

À très bientôt ! ☺

DU MÊME AUTEUR

L'amour à nu – Comédie romantique

Gaëlle rêve de devenir journaliste. Ses études terminées, elle se rend à Paris pour tenter de décrocher le job idéal. Dès son arrivée, elle rencontre Gabin, un jeune homme dont elle tombe éperdument amoureuse. Mais, bien sûr, rien ne va se passer comme prévu… Ajoutez à cela une arrière-grand-mère un peu fantasque qui lui envoie un cadeau pour le moins inattendu, et c'est toute son existence qui est chamboulée.

Après L'amour à nu, comédie romantique pétillante et originale, vous risquez de ne plus ouvrir votre boîte aux lettres de la même façon…

Il était encore une fois – *Comédie romantique*

Adolescentes, Mélanie et Sandra ne s'entendaient pas. À présent qu'elles sont adultes, elles ne se côtoient plus et ne s'en portent pas plus mal. Mais lorsque Caroline et Maxime décident de réunir leurs anciens camarades de lycée pour célébrer leur mariage, une semaine mouvementée se profile. D'autant plus qu'Adrien, le bel Adrien, est aussi de la partie.

Et encore, si ce n'était que ça… Parce qu'un petit imprévu pourrait bien venir tout perturber.

Après avoir lu *Il était encore une fois*, vous n'irez plus assister à un mariage de la même manière…

(format broché réédité chez City éditions)

Une histoire d'amour sans caribou – *Com. romantique*

Un roman qui va vous rendre heureux.

Le quotidien de Fanny n'est pas simple : veuve depuis trois ans, elle court sans cesse entre ses obligations de maman et son métier d'aide-soignante dans une maison de retraite où elle s'efforce d'apporter un peu de bonheur aux pensionnaires. Au fil du temps, elle a développé avec l'un d'eux une véritable amitié. Aussi, lorsqu'elle apprend qu'il est au crépuscule de son existence et qu'il a besoin d'elle pour retrouver son amour perdu, elle n'hésite pas longtemps avant d'embarquer ses enfants dans un périple qui pourrait bien changer le cours de leur vie.

Un roman doux et drôle à la fois, une histoire délicate, des personnages tendres pour un texte qui fait du bien. À lire emmitouflé dans un plaid, une tasse de chocolat à la main.

Si tu crois un jour que tu m'aimes – *Com. romantique*

Une histoire bouleversante qui va vous embarquer dans un tourbillon d'émotions.

Ce matin-là, après une soirée trop arrosée, Manon se réveille passagère clandestine sur le King of the Seas. Mais que fait-elle sur le plus grand paquebot du monde qui entame sa croisière inaugurale, direction New York ?

Tout a commencé il y a quinze jours. Deux toutes petites semaines. Une éternité…

Et si l'amour était plus fort que tout ?

(format broché réédité chez Michel Lafon)

Quand il me prend dans ses bras – *Com. romantique*

Une histoire drôle et émouvante, dans laquelle les apparences sont souvent trompeuses.

Narcoleptique depuis plusieurs années, Emma partage son quotidien entre thérapie et cours de gestion du stress. Un jour, un appel du notaire lui apprend le décès d'une grand-tante qu'elle connaît à peine. Et lorsqu'elle découvre qu'Anna l'a désignée comme unique héritière, c'est la stupéfaction.

Et si le bonheur était là où on ne l'attend pas.

On s'est aimés comme on se quitte – *Com. romantique*

Denis, 45 ans, est un homme triste. Englués dans ses problèmes de travail, ne sachant plus communiquer ni avec son fils ni avec son père, il voit son existence lui glisser entre les doigts. Mais quand il apprend par inadvertance que son ex-femme doit en épouser un autre dans trois jours à l'autre bout de la France, il refuse de laisser passer sa chance et s'embarque pour un improbable voyage. Un périple au bout duquel il pourrait bien trouver autre chose que ce qu'il cherchait.

On s'est aimés comme on se quitte, c'est l'histoire d'un homme ordinaire, bien décidé à tenter l'extraordinaire pour reconquérir l'amour de sa vie.

Un roman drôle et bouleversant, une ode à l'amour et au bonheur.

QUI SUIS-JE ?

La vie n'est pas toujours très réjouissante, les actualités sont souvent tristes à pleurer. Alors, pour chasser le gris, je me suis mise à écrire des histoires qui, je l'espère, sauront vous faire sourire.

J'y mets du rose (beaucoup), du rêve (un peu), de la bonne humeur (un sacré paquet) et de la légèreté (juste un doigt), que j'arrose avec un brin de folie.

Ces histoires, vous pouvez les lire entre deux M&M's, dans la rame bondée d'un RER, sur le quai d'une gare, dans un café ou chez vous, bien au chaud sous un plaid. Peu importe, au fond, il n'y a pas de mauvaises circonstances pour ouvrir un roman *feel good* et s'octroyer un peu de soleil !

Printed in France by Amazon
Brétigny-sur-Orge, FR

19217006R00178